刘建平 著

子规犹啼

——中国古代廉诗点评

南京大学出版社

图书在版编目(CIP)数据

子规犹啼——中国古代廉诗点评 / 刘建平著. --南京 ：
南京大学出版社,2011.9

　　ISBN 978 - 7 - 305 - 08826 - 1

　　Ⅰ. ①子…　Ⅱ. ①刘…　Ⅲ. ①古典诗歌－诗歌欣赏－
中国　Ⅳ. ①I207.22

中国版本图书馆 CIP 数据核字(2011)第 179669 号

出 版 者　南京大学出版社
社　　　址　南京市汉口路 22 号　　邮　编　210093
网　　　址　http://www.NjupCo.com
出 版 人　左　健
书　　　名　子规犹啼——中国古代廉诗点评
著　　　者　刘建平
责任编辑　彭洁明　邓晓娇
责任校对　宋荟彧
照　　　排　南京南琳图文制作有限公司
印　　　刷　南京大众新科技印刷有限公司
开　　　本　787×1092　1/20　印张 12.6　字数 177 千
版　　　次　2011 年 9 月第 1 版　2011 年 9 月第 1 次印刷
ISBN 978 - 7 - 305 - 08826 - 1
定　　　价　35.00 元

发行热线　025 - 83594756　83686452
电子邮箱　Press@NjupCo.com
　　　　　　Sales@NjupCo.com(市场部)

前　言

　　中国是诗的国度，中华民族是诗的民族。自《诗经》诞生二千六百多年以来，在浩如烟海的古代诗库中，有一类赞颂清明廉洁，反对贪贿腐败，推崇勤政爱民，宣扬刚直公正，倡导节俭淡泊的诗作，如鼓角争鸣，当时就振聋发聩；发金玉之响，至今仍掷地有声，在此姑且统称为古代廉诗。廉诗是中华廉政文化的重要组成部份。

　　古代廉诗有着鲜明的特征。一是怦然心动的美感。廉诗，犹如佳人佳话，观之赏心悦目，听之心悦诚服；犹如清风明月，馨香盈袖，玉辉朗照。二是沁人肺腑的教化。廉诗，就像大海的滚滚波涛，读之震撼心灵；就像深山的涓涓泉水，品之陶冶魂魄。三是刻骨铭心的砥砺。廉诗，恰似格言警句，言简意赅，旨近意远；恰似投枪匕首，一针见血，入木三分。所有这些，正是其它文学形式不完全具备的，亦是她的永恒价值之所在。此外，撰写廉诗的一些作者本身就是名垂史册的清官廉吏，其事迹与日月同辉，其诗作与天地共长。即使是无名氏的诗，由于具备了上述特征，同样是不朽的。

　　反腐败斗争的实践证明，对于腐败现象，单凭惩治手段还不够，而应当惩防并举、标本兼治。孔子认为，诗具有兴、观、群、怨的作用。作为诗中精华的廉诗更是神圣的，她能拯救和净化人类的灵魂。运用廉诗的力量，对为官从政者进行诗教，不失为有益的尝试。诗教，有别于简单批评，更有异于空洞说教。她凭借廉诗的思想内涵、审美意蕴、诗情哲理去感染人、鼓舞人、启迪人、教育人。吟诗论廉，学诗养廉，品诗树廉，以诗助廉，从而起到落红有意、润物无声的功效。

作者是一位业余诗人，又从事纪检监察工作多年，对于古代廉诗的认识和解读有着自己的视角。本着对当今反腐倡廉建设尽一份绵薄之力的心愿，从唐代至清代的诗中，精心筛选出105首，从文理、哲理和现实教育意义等方面予以点评，藉以唤起读者的阅读兴趣。书名为《子规犹啼》，子规者，杜鹃鸟也。此处引用了"子规啼血"的典故，化用了北宋诗人王令"子规夜半犹啼血，不信东风唤不回"的诗句，比喻矢志不渝地呼唤廉洁从政、廉洁从业之意。为便于读者加深理解，在每首诗后附上了作者简介和注释。殷切希望读者能从古代廉诗中汲取营养，亦期盼读者对此书提出宝贵意见。

拙诗云：
明月洗心映玉壶，
清风拂面识征途。
廉诗万丈光芒在，
始信人间道不孤。

刘建平
2010 年 10 月

目　录

第一辑 唐 代

神秀偈①

唐·神　秀

身是菩提树②，
心如明镜台。
时时勤拂拭③，
勿使惹尘埃④。

【作者简介】

神秀（约606～706），唐僧人，禅宗北宗创始人，本姓李，开封尉氏（今属河南）人。少年出家，在禅宗第五祖弘忍门下被命为上座。弘忍卒后，神秀赴荆州当阳（今属湖北）玉泉山传授禅法，历受唐武后、中宗、睿宗的优礼。因在北方倡导渐悟法门，一般称为北宗。著有《大乘五方便》《观心论》等。

【注释】

① 偈（jì）：佛经中的唱词。

② 菩提树：常绿乔木，树干上取出的乳汁可制硬树胶，原产亚洲热带地区。

③ 拂拭：掸掉或擦掉。

④ 尘埃：尘土。

【点评】

　　神秀是唐代僧人,禅宗北宗创始人。神秀偈即神秀禅师的偈语,实际上是一首五绝。其偈表达了对佛教教义的理解,同时也蕴含着高深的哲理,千百年来一直广为流传,深受人们喜爱。

　　菩提树又名思维树,原产于亚洲热带地区的印度、缅甸、斯里兰卡等国。此树粗壮雄伟,树冠亭亭如盖,相传佛祖释迦牟尼在菩提树下顿悟佛道,故菩提树被佛教视为神圣之树。古镜皆是铜制,可以整衣冠、观容貌。此诗第一、二句意为人的身体要像一棵正直的菩提树,心灵要像一座明亮的镜台。第三、四句意为必须时时勤励地掸拂擦拭,不要让尘土遮蔽了人的身心。"勤"字用得很好,不仅须时时"拂拭",而且须勤励,可见修炼须持之以恒,半点不能懈怠。此诗虽短,却言简意赅。它通过最典型的形象比喻,得出一个结论:人必须不断地修行方能抵御来自各方面的诱惑。

　　此诗虽为僧人偈语,却丝毫没有消极无为的意味,洋溢着一种积极向上的精神。其蕴涵的哲理,可从多方面去阐释,但它至少告诉人们:要身正,像菩提树一样扎根大地,根深叶茂,不左右摇摆,具有可定力;要心明,像铜镜一样光彩照人,襟怀磊落,具有可鉴力;要警觉,避免受到"尘埃"一类不良东西的污染侵蚀,具有可控力;要勤奋,时时刻刻注意修身养性,言行一致,具有可持力。

座右铭（节选）

唐·陈子昂

从官重公慎①，立身贵廉明。

待士慕谦让，莅民尚宽平②。

理讼唯正直，察狱必审情。

谤议不足怨，宠辱讵须惊③？

处满常惮盈④，居高本虑倾。

【作者简介】

陈子昂（659～700），唐文学家，字伯玉，梓州射洪（今属四川）人。开耀进士。以上书论政，为武则天所赞赏，拜麟台正字，转右拾遗，敢于指陈时弊。后解职回乡，为县令段简所诬，入狱，忧愤而死。其诗标举汉魏风骨，强调兴寄，反对柔靡之风。风格高昂清峻，是唐代诗歌革新的先驱，对唐诗发展颇有影响。其文反对浮艳，重视散体，有《陈伯玉集》。

【注释】

① 公慎：公正谨慎。

② 莅（lì）民：面对老百姓。宽平：宽厚平和。

③ 讵（jù）：岂，表示反问的副词。

④ 惮：害怕。

【点评】

陈子昂为初唐著名诗人,继"初唐四杰"(王勃、杨炯、卢照邻、骆宾王)之后,以更鲜明的旗帜,从理论和创作实践上为唐代诗歌革新作出了重要贡献。

这里节选的《座右铭》,实质上是陈子昂用来自警自励的格言诗。大致两句一层意思。第一、二句是说为官立身之本,重在公正谨慎、清白廉明。公正与廉洁,的确是为官从政者最宝贵的品德。第三、四句是说待人接物之要。对待读书人,要有仰慕谦逊礼让的风度;管理老百姓,推崇宽厚平和的心态。古代社会的官僚,能够这样要求自己并付诸实践,境界实在不低。第五、六句是说如何履行职责。理讼察狱是古代官员的重要职责,即审判各类民事诉讼和刑事案件,那就必须公正坦诚,实事求是,合情合理,决不循私枉法。第七、八句是说要宠辱不惊。别人对自己的批评指责不要怨恨,将个人得失置之度外,不论宠辱都坦然面对。第九、十句是说要居安思危。步入仕途,身居领导岗位,要增强忧患意识。满则溢,满招损;所处越高,若有闪失,则摔得越重。因此,千万不能骄傲狂妄、忘乎所以;要如临深渊,如履薄冰,始终兢兢业业、谦虚谨慎。

陈子昂通过科举考试而入朝为官,他很珍惜这一从政机会,"自以官在近侍(在皇帝身边工作),又参预军谋,不可见危而惜身苟容"(唐·卢藏用《陈氏别传》),可见,陈子昂是按照自己的《座右铭》身体力行的。

《座右铭》是一首五言古体诗,语句对偶工整,文字简明质朴,体现了陈子昂诗歌的风格。此诗涉及到公正、清廉、审慎的执政理念和正直、谦虚、淡泊的行为方式,这在当时无疑具有显著进步意义,特别是作者用诗的语言慷慨抒发,尽情倾吐,犹如阵阵春风,入耳入脑。对于今天的领导干部而言,既是一副清醒剂,更是一段不刊之论。

芙蓉楼送辛渐①

唐·王昌龄

寒雨连江夜入吴②，
平明送客楚山孤③。
洛阳亲友如相问，
一片冰心在玉壶④。

【作者简介】

王昌龄(698～757)唐诗人，字少伯，京兆长安(今陕西西安)人。开元进士，授校书郎，改汜水尉，再迁江宁丞，晚年贬龙标尉，故世称王江宁或王龙标。因世乱还乡，被刺史闾丘晓所杀。开元、天宝间诗名甚盛，尤擅长七绝，多写当时边塞军旅生活，气势雄浑，格调高昂。原集散佚，后人辑有《王昌龄集》。

【注释】

① 芙蓉楼：在今江苏省镇江市。辛渐：作者友人，生平不详。

② 连江：满江。

③ 楚山：镇江春秋时属吴，战国时属楚。诗中吴、楚都指镇江一带地方。

④ "一片"句：化用南朝诗人鲍照《白头吟》中"直如朱丝绳，清如玉壶冰"句意，比喻自己品德高尚，心地高洁，犹如玉壶中的

冰一样纯洁无瑕。

【点评】

在唐代开元、天宝年间，王昌龄以诗名重一时，有"诗家天子王江宁"之称，尤其擅长七言绝句。其中，边塞诗成就最为杰出，《出塞》之"秦时明月汉时关"一首被后人誉为唐代七绝的压卷之作。这首送别之作亦十分有名，后两句是传诵至今的千古名句。

芙蓉楼原名西北楼，唐晋王李恭为润州（今江苏镇江）刺史时改为芙蓉楼，故址在镇江市西北。辛渐为作者友人。诗一开始就描绘出一幅苍凉之景，夜深沉，雨满江，友人路经吴地润州欲往东都洛阳。次句进一步烘托出作者的孤寂之情，清晨送客，站在芙蓉楼上眺望，呈现眼前的是寒江远山孤影。友人偶然相遇，自应高兴，诗中为何散发淡淡幽怨的气息呢？这需从作者当时的境况说起，作者曾因"不矜细行，谤议沸腾"（即不注意小节而受人非议），接连遭受朝廷贬谪，处在众口交毁之际，此诗就是其贬为江宁丞后所写。然而，作者几经打击后并没有消沉，因而此诗的后两句一笔宕开，直抒胸臆："洛阳亲友如相问，一片冰心在玉壶。"借传语洛阳的亲友们，以表心迹。"冰心"即象冰一样纯洁的心。南朝诗人鲍照曾用"清如玉壶冰"来比喻高洁清白的品行，唐人进一步用"冰壶"自励，比拟为官清廉，净如冰壶。作者就以"一片冰心在玉壶"之语，向亲友们表明自己虽然被贬，而依然坚守廉洁正直的信念，保持乐观开朗的襟怀。

此诗用辞凝炼，含蓄深挚，情景交融，雄浑自然，作者的"七绝圣手"之称并非虚誉。

作者在仕途上遭到不公正待遇后既没有就此沉沦，更没有

"破罐破摔",而是固守冰壶之德、廉洁之志的高尚形象,展示光明磊落的宽阔胸怀。这对于当今的为官从政者而言,具有十分深刻的启迪和借鉴意义。

赠友人（其二，节选）

唐·李 白

荆卿一去后①，壮士多摧残。

长号易水上，为我扬波澜。

凿井当及泉，张帆当济川②。

廉夫唯重义③，骏马不劳鞭④。

人生贵相知，何必金与钱。

【作者简介】

李白(701~762)唐诗人，字太白，号青莲居士。祖籍陇西成纪(今甘肃天水附近)，后移居蜀中。早年漫游各地。曾供奉翰林，不久遭权贵的排斥而弃官。后又因统治集团内部斗争的牵连，被流放夜郎。途中遇赦东还，不久病逝于当涂。其诗讴歌进步的政治理想，对权贵表示了极大的蔑视。他善于以豪迈的笔墨描绘祖国的壮丽河山，抒写了许多雄奇豪放、瑰丽多彩的优秀诗篇，成为中国古典浪漫主义诗歌的高峰，有《李太白集》。

【注释】

① 荆卿：即荆轲，战国末刺客，卫国人，游历燕国，燕人称其为荆卿。

② 济川：渡过江河。

③ 廉夫：清正廉洁的人。

④ 劳鞭：需要鞭策。

【点评】

李白这首诗遣辞精致，设喻贴切，通篇闪耀着舍生取义、言信行果的光芒。前四句咏荆轲刺秦皇之事。"任侠"是李白思想性格的重要方面，当时那些除暴安良、救人于困厄危难的游侠人物，是青年李白所仰慕的英雄，荆轲便是其中之一。五、六句意为掘井就要挖到泉水，扬帆就要渡过江河，这是用借喻方式，强调行动必须追求结果。

此诗着重点在后四句。"廉夫唯重义"，清正廉洁的人只重视道义。"廉"字的古今词义有所变化，但其中正直、廉洁的意思却是一以贯之。"骏马不劳鞭"，骏马既善走又肯跑，自然不需要鞭策。重义轻利的人能够廉洁自律，犹如骏马不需再加鞭策一样。"人生贵相知，何必金与钱"，人生在世，需要相互了解和信任，相互关爱和帮助，这比金钱更为宝贵。"廉夫"所重之义，包括知遇之恩、友贤之情，而金钱是物质利益的象征，重义者必然轻视之。由此可见，后四句之间的内在联系十分紧密。

李白一生都渴望为国家建功立业，直到暮年，仍保持着炽热的爱国激情。同时，他又蔑视富贵利禄，始终不肯"摧眉折腰事权贵"。其许多诗篇，揭露了"安史之乱"前后的黑暗现实，抨击了统治集团的骄奢淫逸，对黎民百姓的疾苦深表同情。此诗突出体现了李白思想的闪光点。

义利之辨，是我国古代思想文化领域的重要命题。孔子云："不义而富且贵，于我如浮云"，"君子喻于义，小人喻于利"；孟子云："何必曰利，亦有仁义而已矣"，"上下交征利而国危矣"。此诗形象地表述了李白的义利观，它启示我们：其一，廉洁和重义紧密相连,真正做到重义轻利,就不会见利忘义,进而耐得住清贫,抗得住诱惑;其二,要努力成为一名固守廉洁、舍生取义的人,必须在实践中不断磨炼、不断砥砺;其三,亲朋好友贵在心灵相通,志同道合,如以金钱及物质利益为纽带,必然搞钱权交易,从而使"君子之交"变质变味。

题严陵钓台①

唐·张 继

旧隐人如在,清风亦似秋。

客星沉夜壑②,钓石俯春流。

鸟向乔枝聚,鱼依浅濑游③。

古来芳饵下,谁是不吞钩?

【作者简介】

张继(生卒年不详,约生活在唐代玄宗、肃宗、代宗三朝),唐诗人,字懿孙,襄州(今湖北襄樊)人,天宝进士,大历中以检校祠部员外郎分掌财赋于洪州。诗多登临纪行之作,风格清远,不事雕琢,《枫桥夜泊》为其代表作,有《张祠部诗集》。

【注释】

① 严陵钓台:指西汉末会稽余姚人严子陵归隐富春江垂钓的地方。

② 客星:指严子陵。

③ 濑(lài):湍急的水流。

【点评】

据《后汉书·严光传》载:严光求学时期,与刘秀同窗,二人结下深厚友谊。后刘秀建立东汉王朝,登基称帝,严光却变换姓名,身披羊裘垂钓隐居了。刘秀派人四处寻访,才把严光召到洛阳,但严光坚决不肯接受"谏议大夫"的职务,仍归隐富春江,耕钓度日而终。严陵钓台就是严光当年隐居垂钓的地方。严光拒绝高官厚禄、不求荣华富贵的品行,深得历代文人士大夫的敬佩和赞叹。

首联总写登临感受:诗人来到严子陵归隐之处,清风习习,如同秋天般凉爽,真是"斯人虽去,遗风犹存"。"似秋"说明非秋,只为强调风之清,而所以"清风似秋",是由于"人如在"——这里是严光旧隐所在,"清风"暗指严光的高尚风范。中间两联描写景物,严陵钓台依山傍水,山较高,故天边星垂如沉峰谷;水不宽,站在江畔钓台之上可以俯视江面。"春流"之"春",点明季节,而与上文"似秋"相照应。大树参天,飞禽翔集;水流湍急清澈,鱼游浅底。这四句景物描写是虚实结合的。"客星沉夜壑"也借喻严光驾鹤西去了,"钓石俯春流",其旧隐陈迹仍矗立江边,高风亮节伴着一江春水永存世间。鸟聚乔木,鱼依浅濑,比喻人各有志,择善而处,严光选择了洁身自好,垂钓隐居。这样,作者很自然地引出尾联的议论:自古以来谁能像严光那样,在芳饵(高官厚禄)的诱惑之下不吞食上钩呢?

我国古代士大夫一般奉行"用行舍藏","达则兼济天下,穷则独善其身"。严光的可贵之处是:他耻于因为曾和刘秀同学而飞黄腾达,别人将之看作千载难逢的机会,他却坚持自己的操守而不屑一顾,视名利如浮云。对比那些阿谀谄媚、蝇营狗苟之徒,严光的确清正崇高,令人景仰。

今天的领导干部必须明确:从政是为人民服务,不是为谋取私利,要看事业重于山,看名利淡似水;在权利、地位、金钱、美色等各种诱惑面前,努力做到心不动于微利之诱,目不眩于五色之惑,懂得"芳饵之下有鱼钩";头脑尤要清醒,意志尤要坚定,行为尤要规范。

寄李儋元锡①

唐·韦应物

去年花里逢君别，今日花开又一年。
世事茫茫难自料，春愁黯黯独成眠②。
身多疾病思田里，邑有流亡愧俸钱③。
闻道欲来相问讯，西楼望月几回圆。

【作者简介】

韦应物(约737～约791)，唐诗人，京兆万年(今陕西西安)人。少以三卫郎事玄宗，后为滁州、江州刺史、左司郎中、苏州刺史，故称韦江州、韦左司或韦苏州。其诗以写田园风物著名，寄情悠远，语言简淡，涉及时政和民生疾苦之作，亦颇有佳篇。与柳宗元并称为"韦柳"，有《韦苏州集》。

【注释】

① 李儋，字元锡，是韦应物的诗交好友，时任殿中侍御史。
② 黯(àn)黯：暗淡无光的样子，比喻忧愁苦闷。
③ 邑：城市，泛指州县管辖的范围。俸钱：俸禄，指官吏的薪水。

【点评】

韦应物的诗在唐代已有盛誉，其诗融合了陶渊明的白描手法和谢灵运的炼字技巧，高雅闲淡，含蓄简远，"自成一家之体"，为后世所传诵。诗中流露出对人民疾苦的关切与同情，甚是感人，亦很难得。

此首七律是作者晚年任滁州刺史时所写。李儋，是作者的诗交好友，时任殿中侍御史，在长安与作者分别后，曾托人问候，为此作者赠诗以答。首联写得流畅明快，"去年花里逢君别，今日花开又一年"，时光流逝，春去春来，尽管连用两个"花"字，有些情景交融的味道，却流露出一丝淡淡的苦涩和惆怅。颔联转入沉郁之境，"茫茫"和"黯黯"两组叠字，流露出迷茫和感慨。唐德宗建中四年（783）的冬天，作者离开长安不久，朝廷发生内乱，皇帝仓皇出逃，朝政紊乱不堪，诗人作为朝廷命官，其心情可以料见。国难当头，作者没有消沉，而是想到了自己肩负的责任，颈联"身多疾病思田里，邑有流亡愧俸钱"，意为年老多病的我思念着故乡，治邑的百姓流离失所使我十分惭愧，自恨未能尽到职责。这是一位清廉正直的地方官吏真实心情的写照，完全属于"仁者之言"，显示了高尚的情怀。尾联友人殷勤问讯，急切盼望其来访，以期一吐衷肠。作者以频频望月的动作来表露自己的期盼，十分真挚。此诗从花季离别的追忆，到忧愁国事的浩叹，从体恤民瘼的感慨，到盼友来访的急切，波澜起伏，跌宕生姿。诚如清代沈德潜《说诗晬语》所云："有第一等襟怀，第一等见识，斯有第一等真诗。"

此诗的颈联自宋代以来倍受推崇。这是因为作者在国家遭遇动乱之际，所想的是邑中老百姓的安危冷暖，体现了仁政爱民的高尚思想境界。为官一任，造福一方，是官员们的职责，古今皆同。当前，我们高扬以人为本的旗帜，就是要把民生放在首位，这一理念应当镌刻在每一位公务员的心中。

诗三百三首（选一）

唐·寒　山

贪人好聚财,恰如枭爱子^①。

子大而食母,财多还害己。

散之即福生,聚之即祸起。

无财亦无祸,鼓翼青云里^②。

【作者简介】

　　寒山,唐代诗僧,一称寒山子,一说大历(766～779)中人,又说贞观(627～699)时人。居始丰(今浙江天台)寒岩,好吟诗唱偈,与国清寺僧拾得交友。其诗多表现山林隐逸之趣和佛教的出世思想,对世态亦有所讥刺,语言通俗诙谐。有诗三百余首,后人辑为《寒山子诗集》。

【注释】

　　① 枭(xiāo):鸟名,泛指猫头鹰一类的鸟。

　　② 鼓翼:展翅翱翔。

【点评】

　　唐代诗僧寒山,其诗以白话口语入诗,质朴平易,这种诗体被誉为"寒山体",受到历代文人的喜爱。寒山的诗曾在日本、美国流传,受到高度评价。

此诗前四句以枭爱其子、子大食母的传说来比喻贪人聚财以至造成财多害己的结果。相传枭为食母恶鸟，文人常用"枭"来比喻不尽孝道、忘恩负义的恶人、贪人。紧接着，作者又将财产的散聚与福祸相联系，"散之即福生，聚之即祸起"，进一步表明了作者的财产观。作者认为将财富捐献社会，造福乡民，自己即是有福之人；反过来，如果贪得无厌，穷凶极恶地贪财敛财，那么必然大祸临头。寥寥十个字，却深寓哲理，精警摄人，古今中外，由于贪财招致灾祸的事例不胜枚举。最后，作者鼓励人们，不要贪财，才能轻松自如，象雄鹰一样展翅翱翔。

　　寒山此诗深入浅出，读之易解，践行却不易。因为，真正做到"不贪"，必须具有崇高境界，时刻严格要求自己、约束自己。只有不贪，才能抵御金钱的诱惑；只有不贪，才能守住道德底线；只有不贪，才能永葆廉洁的节操；只有不贪，才能笑傲人生。可见，不贪既是一种信念，也是一种境界，更是一种实践！

三年为刺史二首① （选一）

唐·白居易

三年为刺史，饮冰复食檗②。
唯向天竺山③，取得两片石。
此抵有千金④，无乃伤清白⑤。

【作者简介】

　　白居易（772～846），唐诗人，字乐天，晚年号香山居士，其先太原（今属山西）人，后迁居下邽（今陕西渭南北）。贞元进士，曾任秘书省校书郎、左拾遗、左赞善大夫等职。因上书言事获罪，被贬为江州司马，后任杭州刺史，苏州刺史，晚年官至刑部尚书。在文学上积极倡导"新乐府运动"，其诗语言通俗，形象鲜明，不少作品揭露时政弊端和社会矛盾，反映民生疾苦，有《白氏长庆集》。

【注释】

　　① 刺史：古代地方官名。隋唐时一州的行政长官。
　　② 饮冰：形容惶恐焦灼。食檗（bò）：服食味苦的黄檗。黄檗，落叶乔木，木材坚硬，树皮可入药。
　　③ 天竺山：佛教名山。在浙江省杭州市西湖边。
　　④ 抵：相当。
　　⑤ 无乃：副词，岂不是。

【点评】

白居易曾任杭州刺史三年,任期内,疏浚六口井,以利饮用;修筑湖堤,蓄水灌田千余顷;把官俸留在州库,以供急用,着实为老百姓做了一些好事。离任时,他检讨了任期内的所作所为,察觉到自己做错了一件事,便写下了这首责己诗。

此首五言诗虽然只有短短六句,却似一篇离任审计报告。第一、二句是对自己履职时的总体评价,"三年为刺史,饮冰复食檗",饮冰形容惶恐焦灼,在此指认真敬业,恪尽职守。食檗即服食味苦的黄檗,在此指生活颇为清苦。古人有云:"饮冰励节,食檗苦心。"此两句意指三年刺史任内,自己能够兢兢业业做事,清清白白做人。"唯向天竺山,取得两片石",意为只有一次,在游览天竺山时,取回了两片普通的山石。作为杭州的最高行政长官,在任时拿了天竺山的石头,这本不是什么了不得的错事,但白居易却陷于深深地自责之中。"此抵有千金,无乃伤清白",意为这两片石相当于千金之贵,岂不是有损自己为官的清白。白居易把"占小便宜"的事联系到清廉官德来做自我评判,这一"慎微"的做法是多么不容易!

此诗语言通俗流畅,无矫作之态,无斧斫之痕,完全是作者平易风格之践行,读后令人寻味不已。其可贵处有三:其一,可贵的自谦精神。白居易在三年任内政绩斐然,却并没有矜功自傲。其二,可贵的自责精神。对于自己任内做错的小事,敢于直言不讳。其三,可贵的自省精神。在旁人没有追究的情况下,自觉反省,上升到品质高度来剖析。此三点,对于现在的领导干部来说,无疑有着深刻的借鉴意义。

悯　农（选一）

唐·李　绅

锄禾日当午^①，
汗滴禾下土。
谁知盘中餐^②，
粒粒皆辛苦。

【作者简介】

　　李绅（772～846），唐诗人，字公垂，无锡（今属江苏）人，元和进士。曾因触怒权贵下狱，武宗时为淮南节度使。与元稹、白居易交游颇密，并共同倡导写作新乐府。有《乐府新题》二十首，已失传，今存《追昔游诗》三卷，《全唐诗》另录其杂诗为一卷。

【注释】

　　① 锄禾：给禾苗除草松土。禾：即粟，谷类作物的总称。
　　② 餐：饭食。

【点评】

　　这是首古风，被收入现代小学生课本，可谓妇孺皆知。此诗用最平实的语言，揭示了最朴实的道理，既赞美了农民的辛勤劳动，又告诫人们要爱惜农民的劳动成果，越千百年而流传至今，足见其不朽的教育意义。

诗题为"悯农"，一个悯字，包含着爱惜、怜悯之意。封建社会的农民生活在最底层，作者身为朝廷高官，却能关怀和体恤农民的辛劳疾苦，难能可贵。此诗一开头就塑造了一个典型的环境，赤日当空的正午，农民们依然在田里为禾苗除草松土，豆大的汗水，一滴滴洒在灼热的土地上。短短十个字，具体形象、真挚沉重，悯农的主题跃然纸上。"谁知盘中餐，粒粒皆辛苦"，此诗后两句由于前两句的对比和映衬，增强了震撼人心的力度。道理十分简单，农民长年累月地辛勤劳作，对于农民的劳动成果怎能不倍加爱惜！作者生活在中唐后期，农民和地主官僚阶级的矛盾已经十分尖锐，尽管诗中并没有具体谴责和直接批判什么，然而对于残酷剥削农民、自己却过着荒淫奢侈生活的地主官僚们不啻是有力的鞭挞。此诗通俗中蕴含着深沉，简朴中显示出厚重，从典型生活中高度概括，从一般描绘中产生震撼，充分体现了诗的艺术感染力。

"悯农"的诗题至今仍具有警示作用。目前，我国有九亿多农民，"三农"（农村、农业、农民）问题的彻底解决尚需时日。同时，我国饮食文化中的落后理念和陋习依然大行其道，铺张浪费、糟蹋粮食的现象比比皆是。因此，"谁知盘中餐，粒粒皆辛苦"的道理永远不会过时。

泊秦淮

唐·杜　牧

烟笼寒水月笼沙①，
夜泊秦淮近酒家②。
商女不知亡国恨③，
隔江犹唱《后庭花》④。

【作者简介】

　　杜牧（803～853），唐文学家，字牧之，京兆万年（今陕西西安）人，宰相杜佑之孙。大和进士，历任监察御史，出守黄州、池州、睦州刺史，官终中书舍人。杜牧刚直有节，敢论列大事，指陈利病，工诗、赋及古文，以诗的成就为最高，小诗写景抒情，多清俊生动，有《樊川文集》二十卷。

【注释】

　　① 笼：笼罩。
　　② 秦淮：秦淮河，源于溧水县，横贯南京城，西北入长江。
　　③ 商女：卖唱的歌女。
　　④《后庭花》：即《玉树后庭花》，南朝陈后主所作的舞曲。历来被视为亡国之音。

【点评】

　　杜牧的诗在晚唐负有盛名,成就颇高,后人称杜甫为"老杜",称其为"小杜"。杜牧尤擅长七言绝句,其构思之绵密,遣字之精巧,寓义之深刻,向为人们所赞叹。《泊秦淮》一诗就写得有声有色,意味深长。

　　此诗首句即不同凡响,"烟笼寒水月笼沙",诗中有画,一幅淡雅幽静的秦淮月色图徐徐而出,"笼"字运用得极佳,其重复富有起伏,既使景物增添了朦胧感、层次感,又为下句创造了特有的氛围。二句"夜泊秦淮近酒家",貌似平淡,实则匠心独具:一是点明了时间地点,二是为三、四句的"绝唱"提供了舞台。这是因为,金陵(即今之南京)是六朝古都,秦淮河穿城而过,两岸酒家众多,是当时达官贵人们吃喝玩乐的场所。时至晚唐,景致依旧,它象征着富贵和奢靡,是一处具有典型意义的地点。一、二句在描绘了特有的景致后,浓郁的情感澎湃直泻,"商女不知亡国恨,隔江犹唱《后庭花》",可谓一唱三叹,悲恨交集,感慨无限。首先,诗句表面上在说"商女"即歌女,其实,真正"不知亡国恨"的却是在酒家欣赏歌女表演的官僚、贵族,歌女所唱曲子即由他们指定。其次,用《后庭花》乐曲联系上一段六朝旧事。南陈王朝第五个皇帝陈叔宝(史称陈后主)是位荒淫无耻、穷奢极侈的人,在位时不问国事,沉湎酒色,后来沦为亡国之君。《后庭花》即《玉树后庭花》,据说是陈后主所制的乐曲,在朝廷危在旦夕时,陈后主仍醉心此曲,故而这靡靡之音被后世称为亡国之音。再次,杜牧有经邦济世之才,但其身处衰败的晚唐,虽忧国忧民却无力回天,只能把对过着声色犬马生活的当朝权贵的愤恨,化作辛辣的讽刺和意味深长的警告。"犹唱"二字用得十分凝炼,说明仍在唱着,与"不知"构成因果联系。杜牧在其名篇《阿房宫赋》结尾指出："秦人不暇自哀,而使后人哀之;后人哀之而不鉴之,亦使后人而复哀后人也。"真是见解精辟,发人深省。此赋可与此诗参看,以增进理解。

此诗前面两句轻松明快,后两句凝重沉郁,体现了杜牧高超的写作技巧。此诗篇幅虽短,却余音悠长,千百年来,特别是国难深重时,总被人们反复吟诵。当今,反腐败斗争形势依然严峻,"前腐后继"现象仍在蔓延,熟读此诗,实有借古喻今的功用。

不　寝

唐·杜　牧

到晓不成梦，思量堪白头^①。
多无百年命，长有万般愁。
世路应难尽，营生卒未休^②。
莫言名与利，名利是身仇^③。

【注释】

① 思量：考虑，千思万虑。堪：可以，能够。

② 营生：谋求生计。卒（zú）：死。

③ 身仇：人身的仇敌。

【点评】

　　杜牧在这首五言律诗中谈了自己的名利观。一生宦海浮沉的杜牧，对于名与利自有独特的见解。

　　诗题为"不寝"，寝即睡觉，不寝即不睡觉或睡得不安稳。诗一开头，即把一个辗转反侧难以入眠者的形象刻画得十分逼真："到晓不成梦"，就是到了拂晓还没有睡着。"思量成白头"，千思万虑简直是催人早衰。颔联"多无百年命，长有万般愁"，作者直笔指出人生的常态，即大多数人没有百年的寿命，却时常有万般无奈的烦恼和忧愁。颈联再递进一步，"世路应难尽，营生卒未休"，确实，人世间的路程实在难有尽头，而谋求生计到死也不会罢休。由此,在尾联,作者指出:"莫言名与利,名利是身仇"。作者认为,不可追名逐利,因为名利是人身的仇敌。可见作者鄙视名利、憎恨名利的态度多么坚决鲜明。此诗运用了剥笋法,一层层揭示名和利对人的危害,从夜不安寝到万般愁苦,从思虑不止到奔忙不已,最后得出结论:名利是身仇。唐代大诗人白居易在诗《闲坐看书贻诸少年》中亦指出:"名为锢身锁"、"利是焚身火",与作者所见略同。

此诗对于我们树立正确的名利观具有启迪意义。人们思慕和追求名利,本无可厚非,关键在于必须符合法律和道德要求。换言之,必须具有一条法律和道德底线。对待名和利,追求而不贪求,适度而不过度。对于为官从政者,尤其不能利用职务便利,攫取不正当的名利。否则,必定会遭致身败名裂的下场。

咏　史

唐·李商隐

历览前贤国与家，成由勤俭败由奢。
何须琥珀方为枕^①，岂得真珠始是车^②？
运去不逢青海马^③，力穷难拔蜀山蛇^④。
几人曾预南熏曲^⑤，终古苍梧哭翠华^⑥。

【作者简介】

李商隐(约813～约858)，唐诗人，字义山，号玉谿生、樊南生，怀州河内(今河南沁阳)人。中进士后，在藩镇幕府中过着清寒的幕僚生活，一生潦倒。擅长七律，所作咏史诗托古讽今，讽刺时政。诗风绚丽精工，多用象征手法，具有浓艳的色彩，有《李义山诗集》《樊南文集》等。

【注释】

① 琥珀：松柏树脂的化石，是制作工艺品的珍贵材料。

② 真珠：即珍珠。

③ 青海马：产于青海的骏马，喻指杰出人才。

④ 蜀山蛇：喻指奸佞小人。

⑤ 预：听到，欣赏。

⑥ 苍梧：即湖南省宁远县的九嶷山，原指舜墓，这里借指唐文宗所葬的章陵。翠华：帝王仪仗中的一种旗帜。

【点评】

李商隐是晚唐著名诗人，此诗是为哀悼唐文宗李昂而作。唐文宗即位后锐意图治，反对宦官乱政，但因行事仓促而最终失败，大批朝臣遇害，文宗也被软禁至死，史称"甘露之变"。

据史书载，唐文宗恭俭儒雅，"衣必三浣"（衣服洗涤多次仍穿着）。据《西京杂记》，汉赵飞燕有琥珀枕；据《史记》，魏惠王曾自夸有十颗能照亮前后十二辆车乘的大珍珠。颔联意为唐文宗绝无琥珀枕、珍珠车那样的奢侈之事。颈联用汉武帝伐大宛获汗血马的典故，"青海马"喻指杰出人才；用古代蜀国五位大力士曳蛇而山崩的典故，"蜀山蛇"喻指奸佞小人。这是悲叹唐文宗没有可以倚仗的贤臣相助，故"力穷"、"运去"而一败涂地。"南熏曲"指虞舜所作的《南风》歌，表达了关爱黎民百姓的情怀，据《礼记·檀弓》，舜葬于苍梧之野。尾联意为古来有几人真能实现《南风》的理想呢？最终只能在苍梧山哭祭虞舜。

此诗最有价值的当属首联，语出《韩非子·十过》。秦穆公问由余古代君王得国失国的主要原因是什么，由余对曰："常以俭得之，以奢失之。""历览前贤国与家，成由勤俭败由奢"，是对古代君臣治国理政成败得失的深刻总结。要言之，勤俭是公正清廉的基础，而奢侈则是贪赃枉法的根源，廉贪与国家兴衰紧密关联。

人若追求奢侈，难有止境，就会得陇望蜀，沉溺其中不可自拔。当正常收入不能满足其挥霍需求时，便往往巧取豪夺，虽明知会东窗事发，也会利令智昏，以身试法。经得起物欲诱惑，才能身正行端；守得住清贫寂寞，才能杜绝贪念。"欲教以廉，先使之俭"，能俭，才能安分、洁己、爱民、惜福。

官仓鼠

唐·曹邺

官仓老鼠大如斗^①，
见人开仓亦不走。
健儿无粮百姓饥^②，
谁遣朝朝入君口^③！

【作者简介】

曹邺（816～875），唐诗人，字业之，桂林阳朔（今广西阳朔）人。大中进士，曾任祠部郎中、洋州刺史、吏部郎中等职。其诗多刺时愤世之作，风格古朴，采用民谣口语入诗，原有集三卷，已散佚，宋人辑有《曹祠部集》。

【注释】

① 官仓老鼠：喻指贪官污吏。斗：口大底小的方形量器，有柄。

② 健儿：守卫边疆的将士。

③ 遣：奉送。

【点评】

这是首古风，诗题为"官仓鼠"，即官府仓库的老鼠。此诗的讽喻意味甚浓，笔锋亦甚犀利，历来为人们所称颂。

老鼠形象既卑琐又怯懦，昼伏夜行，逢人就逃，偷咬食物，传播疾病，令人厌恶。故谚语云：过街老鼠，人人喊打。而官仓鼠却不同于一般的老鼠，它不仅体大——"大如斗"，而且胆大——"见人开仓亦不走"。作者用夸张的手法刻划出官仓鼠的形象，读者稍加思考便会心一笑，它之所以体大如斗，是因为国库里的食物取之不断；它之所以胆大横行，是因为得到官衙的层层庇护。官仓鼠的肆无忌惮、贪婪至极带来什么后果呢？作者在第三句顺势将其恶果揭露无遗，"健儿无粮百姓饥"，健儿指守卫边疆的将士，他们居然在挨饿！而广大老百姓更是在饥寒交迫中煎熬。唐代边患十分严重，将士们的处境好坏关系到国家社稷的安危。可见，官仓鼠直接危害了国计民生。走笔至此，作者犹嫌不足，末句再将犀利的笔锋指向统治者，"谁遣朝朝入君口"，是谁天天奉送粮食给官仓鼠吃呢？这一诘问问得好，特别是一个"谁"字下得深刻，耐人寻思。谁养肥了官仓鼠？谁纵容庇护了它？谁又是它的后台？这些触目惊心的问题，相信读者不难找到答案。

此诗质朴洗炼、辛辣讽刺，不啻为贪官污吏的塑像、写照，实为一首难得的好诗。作者在另一首《捕鱼谣》中更是将锋芒直接对准皇帝："天子好征战，百姓不种桑；天子好年少，无人荐冯唐；天子好美女，夫妇不成双。"在诗中，作者不仅抨击了腐败现象，还揭露了造成腐败现象的根源，可谓一语中的。

当前，反腐败斗争的形势依然严峻，"前腐后继"的现象将会长期存在，而产生"官仓鼠"的环境、土壤短期内尚难以改变。这更表明，运用廉政文化的力量，与腐败现象作长期斗争，不失为一着好棋。

关　西①

唐·胡　曾

杨震幽魂下北邙②，
关西踪迹遂荒凉。
四知美誉留人世，
应与乾坤共久长。

【作者简介】

　　胡曾（约 839～?），唐诗人，邵阳（今属湖南邵阳）人，咸通中举进士，不第，后为剑南节度使路岩、高骈诸人幕僚。其诗通俗明快，有《安定集》十卷，今佚。今存《咏史诗》三卷，收诗一百五十首，皆七绝，依据儒家传统思想评叙历史人物及历史事实，每为后代讲史小说所引用。

【注释】

　　① 关西：指函谷关以西的地域。胡曾的《咏史诗》皆以地名或古迹名为诗题。

　　② 杨震：（59～124），东汉弘农华阴（今属陕西）人，历任荆州刺史、东莱太守、涿郡太守、司徒、太尉等职，他一生公正廉洁，从不接受私人馈赠，对家人也十分严格。北邙：山名，即邙山。

【点评】

唐代诗人胡曾"少负才誉,文藻煜然"。《唐才子传》说他"天分高爽,气度不凡",后虽进士未第,文名却很大。在为剑南节度使高骈做幕僚时,曾以《答南诏牒》一纸退南蛮进犯之兵,引为美谈。他的《咏史诗》,是宋代至明代数百年中最有影响的启蒙读物之一。明、清以来创作历史演义如《三国演义》《东周列国志》等,皆引其咏史诗以证史实。其墓碑有后人撰联曰"草檄平南,万古功勋昭日月;吟诗咏史,千秋翰墨壮山河",评价公允。七绝《关西》是其《咏史诗》一百五十首中的一首。此诗讴歌了东汉太守杨震"暮夜却金"的事迹。

一、二句"杨震幽魂下北邙,关西踪迹遂荒凉",作者以所敬仰的历史人物杨震其名入诗,开门见山。杨震是东汉弘农华阴(今属陕西)人,他出身名门,博学多才,曾收徒讲学,被誉为"关西孔子",历任刺史、太守、司徒、太尉等职,以"清白吏"为座右铭,勤政廉洁,正直无私。北邙即邙山,在今河南省洛阳市北,东汉及北魏的王侯公卿多葬于此。关西指函谷关以西地区,秦汉时出了不少名人。一、二句意为自从杨震逝世之后,关西地区的奇人佳话逐渐稀少了。此二句满含着对杨震的称颂,这是明的一面;暗的一面则是在抨击晚唐时期官场贪贿腐败,出不了象杨震那样廉洁的官员。此诗后两句"四知美誉留人世,应与乾坤共久长",更是直接称颂杨震"不受私谒"、"暮夜却金"。据《后汉书·杨震传》载:杨震在任荆州刺史时曾举荐王密,在杨调任东莱太守途经王密任县令的昌邑时,王密夜访,怀藏十金报答杨的举荐之恩。杨拒收,王说:夜间无人知晓。杨答:天知、地知、你知、我知,怎么说无人知道? 王密遂愧退。后人称杨震为"四知先生"。作者对杨震的事迹给予极高的评价,称赞其美誉流芳百世,与天地共久长。

　　在贪污贿赂盛行官场时,杨震却能做到清廉自持,拒受重金,殊为不易。其事迹流传至今,说明崇高的德行能够跨越时空,具有不朽的感召力和生命力。

送青阳李明府①

唐·杜荀鹤

善政无惭色,吟归似等闲。
惟将六幅绢,写得九华山②。
求理头空白③,终官债未还。
仍闻琴与鹤,都在一船间。

【作者简介】

杜荀鹤(846～904),唐诗人,字彦之,号九华山人,池州石埭(今安徽石台)人。四十六岁中进士,官至翰林学士。他继承白居易等现实主义诗人的传统,以讽时刺世为作诗宗旨。其诗晓畅清逸,语言通俗,对唐末社会动乱及民生凋蔽反映颇多,有《唐风集》。

【注释】

① 明府:汉代对郡守的尊称。唐代及以后则多用以称县令。

② 九华山:旧称九子山。中国佛教四大名山之一。位于安徽省青阳县西南部,因有九峰,状似莲花,故名。

③ 求理:谋求治理。

【点评】

杜荀鹤在晚唐颇负诗名，他不为声律所束缚，把严于格律的诗通俗化，后世将这种浅切明白的律体诗称为"杜荀鹤体"。此首五律《送青阳李明府》充分体现了"杜荀鹤体"的特点。

青阳县的李县令告老还乡，作者写诗送别。首联赞美了李县令在任时的政绩和离任时的风度。"善政"两字下得好，既可理解为善于理政，又可理解为李县令在任时的执政方略良好，没有留下遗憾，因此离任时举止坦然，心态平静。颔联是流水对，"惟将六幅绢，写得九华山"，说明李县令离任时没有带走当地的任何财物，如果硬要说有，那只是自己亲手所画的当地胜境九华山的画作而已。颈联以寥寥十字，从勤和廉两个方面追溯了李县令在任时的实际情况。从勤政来看，其兢兢业业以至衰鬓斑斑；从廉政来看，其直至退休还有债务在身，从不贪取一厘一毫。尾联作者以人琴鹤相伴在归程中，歌颂了李县令的高风亮节。至此，一位清正廉明的县令的形象跃然纸上，鲜明动人。作者身处唐代末世，忧国忧民，对维护纲纪的清官廉吏赞美有加，对危害社稷的贪官污吏深恶痛绝。其在《自叙》一诗中态度尤为坚决："宁为宇宙闲吟客，怕作乾坤窃禄人"，足见作者本人亦是一尘不染、十分清廉。

为官一生，能做到上不愧天，下不愧民，像诗中李县令一样"善政无惭色，吟归似等闲"，那是何等的胸襟和气度！

临刑诗

唐·陈　璠

积玉堆金官又崇①，
祸来倏忽变成空②。
五年荣贵今何在，
不异南柯一梦中③。

【作者简介】

陈璠，唐代沛县(今属江苏)人，出身贫寒，原为隶卒，曾任宿州太守，后因贪污被判处死刑。

【注释】

① 积玉堆金：金和玉多得可以堆积起来，形容敛财极多。官又崇：官高位重。

② 倏(shū)忽：很快地、转眼之间。

③ 南柯一梦：据唐李公佐《南柯太守传》载，淳于棼做梦到大槐安国作南柯太守，享尽富贵荣华，醒来才知道大槐安国就是住宅南边大槐树下的蚁穴。后用以形容一场梦或比喻一场空欢喜。

【点评】

唐代太守陈璠因贪污被处以死刑，临刑时索笔作了此诗，诗题为后人所加。这是一篇难得的反面教材，也是本书所选的唯一的一首由贪官所作的诗。古诗云：鸟之将死，其鸣也哀；人之将死，其言也善。陈璠死到临头，是否悔悟了呢？且看其诗是如何说的。

首句"积玉堆金官又崇"，意为聚敛的财富堆积如山，同时又官高位重。可见陈璠为官时贪得无厌，不择手段地肆意敛财。读罢此句，我们似乎能感觉到其利欲熏心和权势逼人。然而，"祸来倏忽变成空"，即转眼间东窗事发，一切变成空无，真是"威赫赫爵禄高登，昏惨惨黄泉路近"。肆无忌惮地搜刮民脂民膏的陈璠实际上在自掘坟墓。第三句"五年荣贵今何在"，陈璠自己设问，五年的荣华富贵如今何在呢？末句"不异南柯一梦中"作了回答，"不异"即无异，意为荣华富贵就象南柯一梦。从诗中可以看出，临刑前陈璠有所悔悟，只是为时已晚，世上哪有后悔药可吃呢？

陈璠此首临刑绝句，艺术特色姑且不论，其警示作用值得肯定，陈璠从反面给人们留下启示：其一，利用权势贪污受贿得到的荣华富贵就象南柯一梦，既不可能长久，更极易招致牢狱之灾甚至杀身之祸；其二，人之悔悟，须在大错铸成前，否则东窗事发，悔之晚矣；其三，廉洁自律是为官从政者的必备素质，自律方能自保，保证自己立于不败之地，而贪赃枉法只能导致"身与名俱灭"。

咏吴隐之^①（选一）

唐·周昙

贪泉何处是泉源，
只在灵台一点间^②。
必也心源元自有^③，
此泉何必在江山。

【作者简介】

周昙，（生卒年不详），晚唐诗人，曾任国子直讲。著有《咏史诗》八卷，《全唐诗》将其编为二卷，共一百九十三首。

【注释】

① 吴隐之（？～413），字处默，东晋濮阳鄄城（今山东鄄城北）人，曾任中书侍郎、左卫将军、晋陵（治所在今江苏常州）太守、广州刺史等官职，是历史上著名的廉吏。

② 灵台：指心灵。

③ 元：同原。

【点评】

作者的《咏吴隐之》诗共有两首，在此选其中的一首。吴隐之是历史上著名的廉吏，曾任太守、刺史等职。东晋末年，官场极其腐败，官员竞相奢侈，而吴隐之为官数十年两袖清风，其清俭和普通老百姓一样,史书上说他"勤苦同于贫庶"。据载,距广州20里外的石门有处泉水,人称"贪泉",传说喝了贪泉水的人,就会丧失廉俭的本性,变得贪婪。吴隐之出任广州刺史途经此泉时,很坦然地酌泉而饮,并赋诗咏怀:"古人云此水,一歃(shà)怀千金。试使夷齐饮,终当不易心。""夷"指伯夷,"齐"指叔齐,他们历来被作为守节的楷模。吴隐之在广州任职期间更是"清操愈厉"。至初唐,王勃在《滕王阁序》中写道:"酌贪泉而觉爽,处涸辙以犹欢",高度赞美了吴隐之的人品。作者这首七绝,从另一个侧面赞颂了吴隐之。

首句设问"贪泉何处是泉源",即贪泉的源头在哪里呢?第二句给出结论:贪贿的邪念就在人的心灵之间,真是一针见血。第三句进一步揭示,人的贪欲与生俱来,就看自己如何把握。第四句以哲理作结,"此泉何必在江山"。一个人能否控制贪念,保持清廉,怎能怪罪环境和条件?关键在于自我,而不在于外界。此诗通俗易懂,却是慧眼所识,极富见地。一个官员是廉洁还是贪婪,外因是条件,内因是依据,外因通过内因起作用,吴隐之饮贪泉反而清操愈厉,表明在污浊的环境下,固守清廉全靠自己。

作者周昙生于唐代末世,其《咏史诗》倡导廉洁奉公,洁身自好,自有借古喻今之意。他在另一首咏汉代杨震诗中留有道德名句:"无言暗室何人见,咫尺斯须已四知",可与此诗参读。

逐臭苍蝇

唐·徐　夤

逐臭苍蝇岂有为，清蝉吟露最高奇。

多藏苟得何名富^①，饱食嗟来未胜饥。

穷寂不妨延寿考^②，贪狂总待算毫厘^③。

首阳山翠千年在，好奠冰壶吊伯夷。

【作者简介】

　　徐夤，生卒年不详，唐末五代文学家，字昭梦，莆田（今属福建）人。乾宁进士，授秘书省正字，后唐时去官归隐。工诗，多咏物之作，尤工律赋，多秀句，为时所称，有《钓矶文集》五卷存世。

【注释】

　　① 苟得：即苟且钻营所得，指不义之财。

　　② 寿考：高寿，长寿。

　　③ 毫厘：一毫一厘，形容极少的数量。

【点评】

　　在群星灿烂的唐代诗坛，徐夤名气不算大，后世除了治唐诗的学者外，知其名者恐怕不多，但他的这一首七律却值得一读。

　　首联用借喻手法，把奔名竞利、趋炎附势之徒比作逐臭的苍蝇，他们是不可能对国家、民众有所贡献的。而耿介廉洁之士，则像饮露吟唱的寒蝉，向社会传播着高风亮节、奇志正气。诗的开头通过鲜明的对比，表明了作者的好恶爱憎，定下了反腐倡廉的基调。

颔联指出，不能追逐不义之财和嗟来之食，不能蝇营狗苟。因为，大量攫取不义之财不是真正的富足，反而丧失了人格，丢掉了操守，精神上是赤贫。"嗟来"典出《礼记·檀弓下》：齐国闹灾荒，一位饥民不愿接受侮辱性的赐予之食，宁可饿死。生存重要，但尊严更重要，不能接受"嗟来之食"，不能"为五斗米折腰"。

颈联又作对比，贫穷寂寞的日子或许可以延年益寿，而贪赃枉法，则总有一天会为自己的疯狂付出代价。诚如孔子所曰："富与贵，是人之所欲也，不以其道得之，不处也；贫与贱，是人之所恶也，不以其道得之，不去也。"富贵与权势，是人所向望的，但如果不用正当方式获得它，君子是不接受的；贫穷和卑微，是人所厌恶的，但如果不用正当方式摆脱它，君子是不回避的。换言之，君子取舍有道，不义而富且贵，视若浮云；虽不免贫和贱，亦当泰然处之，坚守自己的精神家园。

再看尾联，伯夷、叔齐是商末孤竹国君的两个儿子，其父去世，兄弟二人互相让位，皆奔周。武王兴兵伐纣，两人叩马劝阻，商亡，因耻食周粟，饿死在首阳山。后人视伯夷、叔齐为具有高尚品格节操的贤人。"冰壶"比喻冰清玉洁的道德情操。尾联表达了对伯夷、叔齐的景仰，也暗示了作者的志向。徐夤在唐朝灭亡后隐居不仕，其志向是付诸实践了的。在结构上，尾联遥接"清蝉吟露最高奇"，达到首尾照应。

伯夷、叔齐耻食周粟及徐夤隐居不仕的行为，我们应作历史的具体的分析，不可一概而论。本诗推崇的清廉的价值取向应当肯定。"多藏苟得何名富，饱食嗟来未胜饥"的权衡考量颇具哲理;对"逐臭苍蝇"的鞭挞,特别是"贪狂总待算毫厘"的告诫,更是警世良言,值得后来人深思。

批子弟理旧居状

唐·杨玢

四邻侵我我从伊①，
毕竟须思未有时。
试上含元殿基望②，
秋风秋草正离离③。

【作者简介】

杨玢，生卒年不详，字靖夫，唐代长安（今陕西西安）人。蜀王建时，累官礼部尚书，后随王衍归后唐，授工部尚书。

【注释】

① 从：听从，任凭。伊：他。

② 含元殿：唐代长安大明宫的正殿，高宗时所建。

③ 离离：草木茂盛貌。

【点评】

唐朝末年，藩镇割据，政权更迭，战乱频仍。处于这样的历史背景下，在外做官的杨玢告老还乡，回到长安。他面临的是原先属于自己的旧宅大部分已被邻人侵占，其子弟们要去官府告状，他在状纸尾部写下此诗加以劝阻。

试看此诗第一、二句，"四邻侵我我从伊，毕竟须思未有时"，意为邻居们侵占了我的房产,我就听之任之吧,终归应想到当初没有这些房产的时光。好一个"我从伊"!面临自己的财产受到别人侵占,并没有斤斤计较,睚眦必报,而是退而思之,真是忠厚长者的宽容襟怀,一派谦谦君子风度。第三、四句立意更为深远,"试上含元殿基望,秋风秋草正离离",意为登上含元殿基远望,原本富丽堂皇的宫殿已湮没在秋风秋草中。"离离"即草木茂盛貌。作者引用了《诗经·王风·黍离》之诗句:"彼黍离离,彼稷之苗,行迈靡靡,中心摇摇……"。"黍离之悲"的典故说的是公元前 770 年,周平王东迁洛邑,西周故都渐成废墟。多年以后,有东周大夫去镐京寻访宫室故址,见荒草长满庭院,不胜悲切,唱了这首《黍离》之歌,抒发故国之思。作者的心意很明确,国家的宫殿尚且荡然无存,个人的房产被人侵占又算得了什么?杨玢从国家命运着眼,不计个人得失,不与民争利,能及时息讼,其高尚品德值得称颂。

此诗在语言上颇具特色,作者以疏淡之笔,娓娓道来,委婉真挚,从自我及国家,从现实到历史,有实有虚,最后达到以理服人的目的。联系到当今官场上,有些人利用权势,或横行霸道,鱼肉乡民;或利欲熏心,扰民欺民,导致民怨鼎沸,矛盾激化。这些行径应当受到谴责和查处。其实,静下心来,将此诗细细体味,定能得到有益的启示。

第二辑　宋　代

书端州郡斋壁^①

北宋·包　拯

清心为治本，直道是身谋。
秀干终成栋，精钢不作钩^②。
仓充鼠雀喜，草尽狐兔愁。
史册有遗训，毋贻来者羞^③。

【作者简介】

包拯（999～1062），字希仁，北宋庐州合肥（今属安徽）人。天圣进士，仁宗时任监察御史，建议选将练兵，以御契丹，后任天章阁待制、龙图阁直学士，官至枢密副使。为官刚正，执法严峻，权臣贵戚为之敛手，知开封府时，有"关节不到，有阎罗包老"之语，为封建时代清官的典型。著作有《包孝肃奏议》，他的事迹长期流传民间，演为戏文，元杂剧有《陈州粜米》等剧目，其后流传日广，形成丰富的传说。

【注释】

① 端州：州名，隋开皇九年（589）置，唐辖境相当于今广东肇庆、高要和高明三地，包拯曾任端州知州。郡斋：郡守的府第，这里指知州府第。

② 钩：弯曲。

③ 毋：不要。贻：遗留。

【点评】

包拯为官时，恪守职责，执法严峻，抑制豪强，不畏权贵，被誉为"包公"、"包青天"，成为封建时代清官的典型。他的事迹演变成戏剧、小说，至今仍广为流传，充分体现出老百姓对清官的颂扬和对公正执法的渴求，具有时代意义。包拯曾任端州知州，此诗题写在端州府第的墙壁上，表明他廉洁从政的准则和立身处世的操守。读后，一个刚直不阿、铁面冰心的包青天顿时浮现眼前，令人感慨万分。

首联"清心为治本，直道是身谋"，意为做官清廉、做人诚信是治国理政的根本，正直之道是立身处世的良谋。古人推崇为官当清、慎、勤，"清固为本"。一个"清"字，寓意深广，蕴含了多少高尚品德。一个"直"字，内涵隽永，又蕴含了多少崇高风范。首联意境壮阔，有高屋建瓴之势，可谓千古不易之论。"秀干终成栋，精钢不作钩"，颔联意为挺拔的树木终能成为栋梁，精纯的好钢不应弯曲作钩。比喻优秀人才终为国家栋梁，品行高尚的人不应曲意逢迎去干违心之事。颈联用鼠雀狐兔比喻为卑鄙无耻小人，指出它们虽能得势于一时，但失势时必定逃脱不了可悲的下场。颔颈两联以一正一反例子对比，为首联的"清心""直道"作注脚，异曲而同工。尾联"史册有遗训，毋贻来者羞"，无疑是当头棒喝，告诫为官者要牢记前贤留下的深刻教诲，不要因贪污受贿而遭后人唾骂和耻笑！真是字字铮铮，句句谆谆，感人肺腑，撼人魂魄。此诗幅短意长，笔力千钧，浩然正气溢于字里行间。

包拯题诗于壁，以明其志。他还立下家训："后世子孙仕宦有犯赃滥者，不得放归本家；亡殁之后，不得葬于大茔之中。不从吾志，非吾子孙。"足见其清正廉明一以贯之，至死不渝。

此诗和包拯的事迹共相流传，至今仍有现实教育意义，值得领导干部诵读，尤其是"清心为治本，直道是身谋"一联，可作座右铭，以陶冶情操、匡正言行。

拒寿礼

北宋·包　拯

铁面无私丹心忠^①，
做官不可念叨功^②。
操劳本是份内事，
拒礼为开廉洁风。

【注释】

① 铁面无私：形容公正严明，不讲情面。

② 念叨：说；谈论；也作念道。

【点评】

　　包拯在宋仁宗天圣五年（1027）中进士甲科，后被任命为大理寺评事，累迁端州知州、监察御史、御史中丞、龙图阁学士、开封府尹，官至枢密副使。他为官三十余年，清正廉明，铁面无私，是历史上最著名的清官之一。他严于律己，一以贯之，对于自身廉洁尤为重视，虽贵为朝廷重臣，"衣服、器用、饮食如布衣时。"这首《拒寿礼》诗是包拯在其六十大寿时所撰。当时，他拒收任何礼物，可他没有想到，第一个送礼者恰恰是仁宗皇帝。为官者能收到皇帝的礼物，本是莫大荣幸，一般人求之不得。而包拯却不顾皇帝的脸面，毅然退回礼物，还附上此诗以明心迹。

　　首句"铁面无私丹心忠"，直接表明自己做人做事所恪守的道德标准。包拯一贯公正严明,嫉恶如仇,上不愧天,下不愧民,"铁面"正是他的真实写照。此句字字千钧,足以统摄全篇。次句"做官不可念叨功",进一步阐述做官不可以功自居、以功邀赏甚至以功要挟。而这种做法在历朝历代司空见惯,包拯却以"不可"二字斩钉截铁般摒弃之,以表明其坚定的立场。因此自然而然地引出第三句"操劳本是份内事",既然要做官,其职责就是为国为民操劳,否则便是失职或渎职,这丝毫没有讨价还价余地。包拯没有把官位作为特权,而是看成自己份内之事,这是一种相当进步的思想意识。末句喊出了"拒礼为开廉洁风"的强音。拒礼不是为了作秀、为了沽名钓誉。当送礼成风时,这就成为难以医治的社会"痼疾"。包拯反其道而行之,他匡正时弊,勇反潮流,目的是为了开创廉洁风气。

此诗语义浅显,寓意深刻;虽曰拒寿礼,还涉及到廉政和勤政。即使在当代,此诗亦是一篇义正辞严的廉政宣言。至今,在安徽合肥的包公祠里,仍留有一副赞扬包拯高风亮节的对联:

照耀千秋,念当年铁面冰心,建谠论不希后福;

闻风百世,至今日妇人孺子,颂清官只有先生。

题花山寺壁①

北宋·苏舜钦

寺里山因花得名，
繁英不见草纵横②。
栽培剪伐须勤力③，
花易凋零草易生。

【作者简介】

苏舜钦（1008～1049），北宋诗人，字子美，绵州盐泉（今四川绵阳东）人，迁居开封。景祐进士，曾任大理寺评事，庆历中，范仲淹荐为集贤校理、监进奏院。时其岳父同平章事兼枢密使杜衍对政事有所整饬，忌者欲通过倾陷舜钦而打击杜衍等人，因而苏舜钦以细故被除名，退居苏州沧浪亭。工散文，诗与梅尧臣齐名，风格豪健，为欧阳修所重，又工书法，有《苏学士文集》。

【注释】

① 花山寺：寺在江苏省镇江市。
② 繁英：繁花。草纵横：杂草丛生，遍地皆是。
③ 剪伐：剪枝修整。

【点评】

苏舜钦为北宋诗人，其诗颇具特色，与苏同时的欧阳修称其诗风"雄豪放肆"(《祭苏子美文》),比苏稍后的刘克庄则赞其诗风"轩昂不羁,如其为人"。(《后村诗话·前集》)苏舜钦在"和《淮上遇便风》"诗中写道:"浩荡清淮天共流,长风万里送归舟",的确豪健冲霄。《题花山寺壁》一诗写得比较委婉,却涵蕴丰富。

且看首句"寺里山因花得名",简洁明了,开门见山,花山寺就因座落在漫山遍野的鲜花丛中而得名。而如今状况如何呢?引出第二句"繁英不见草纵横",不再繁花似锦,眼前已是杂草丛生。这究竟什么原因?诗人不作直接回答,留下悬念。第三句笔势一宕,别开生面,"栽培剪伐须勤力",指出花木的栽培和杂草的除伐都需人们的勤奋劳作,半点懈怠不得。第四句点明"繁英不见草纵横"的原因是"花易凋零草易生"。末句两个"易"字叠用,看似信手拈来,实则匠心别具,它既增添了诗的韵味,又使"勤力"的目的更加显豁。鲜花和杂草一个易亡一个易生,更说明"栽培剪伐"的重要性和必要性,其因果联系显而易见。

此诗字面上自然流畅,不事雕饰,风格上疏淡清婉,非俗手可为。掩卷深思,可得出以下结论:其一,无论做人做事,都要名副其实,说真话,办实事。切忌弄虚作假,玩花架子,做表面文章。虚假的东西祸国殃民,不得人心。其二,对于各级领导干部而言,不仅要廉政,还须勤政。廉和勤相辅相成,缺一不可。廉体现了品德,勤体现了效率,这是执政为民的基本条件。其三,美好的东西一般比较脆弱,而丑恶的东西却每每呈现"顽强性"。人之贪欲,与生俱来,不作控制便恶性膨胀、泛滥成灾,故抑恶扬善须狠下功夫,清除私心杂念须坚持不懈。

仁者吟

北宋·邵 雍

闲居慎勿说无妨，才说无妨便有妨。

争先径路机关恶①，退后语言滋味长。

爽口物多终作疾，快心事过辄为殃②。

与其病后须求药，不若病前能自防。

【作者简介】

邵雍(1011～1077)，北宋哲学家，字尧夫，谥康节。其先范阳人，幼随父迁共城(今河南辉县)。隐居苏门山百源之上，后人称为百源先生。屡授官不赴，后居洛阳，与司马光、吕公著等过从甚密，是理学象数学派的创立者，著作有《皇极经世》《伊川击壤集》等。

【注释】

① 径路：即路径，指如何到达目的地。机关：计谋，心机。

② 辄(zhé)：总是，就。

【点评】

邵雍身为哲学家，即使写诗亦颇具哲理性，此诗即闪耀着思辨的光芒。"闲居慎勿说无妨，才说无妨便有妨"，首联便告诫世人说话办事要慎重，特别是闲居之人，更应居安思危。生活中时常会出现"祸患常积于忽微"现象，一个家庭是这样，一个王朝何尝不是这样！因此，谨慎才能驶得万年船。第二联说到处世中的进退得失，世人皆欲争先到达目地的，殊不知"行路难，多歧路"，世路险恶、阻力重重，而经过思考后所说的话往往意味深长。此联进一步阐述办事要稳重、说话要深思熟虑。"爽口物多终作疾，快心事过辄为殃"，第三联告诫世人要注意节制自己的欲望，既不能"多"，又不能"过"，而应牢牢把握住"度"。过犹不及，适度为佳，更毋论贪欲、淫欲、奢欲，此数者乃万恶之源，灾祸之根，覆车之鉴。此联语气平和，但哲思深婉，所怀者大。"与其病后须求药，不若病前能自防"，尾联乃点睛之笔，亦为全诗主旨。如果说病后求药是被动的、被迫的，那么病前自防则是主动的、自觉的。"自防"历来为医家之大境界，战国时期名医扁鹊曾提出"治未病"的理念，与邵雍的"病前自防"可谓一脉相承，知行同辙。

此诗纯用口语，娓娓道来，又略带打油，与迂腐的说教迥然不同，似在聆听一位忠厚长者指点迷津。诗题为《仁者吟》，作者认为能够明晓并践行诗中的哲理，便能成为仁者。邵雍在《插花吟》一诗中写道："身经两世太平日，眼见四朝全盛时"，其身经真、仁、英、神四朝，看到北宋开国后"百年无事"的升平景象，却能在这样的时代背景下居安思危，怀抱忧患意识，的确是仁者之见。

此诗对于当今社会具有积极的借鉴意义。诗中所阐述的谨慎处世、节制欲望、病前预防等理念，对于为官从政者无疑是一剂苦口良药，可谓全面推进反腐倡廉建设的治本之策。

知足诗

北宋·邵　雍

无忧无虑又无求,何必斤斤计小筹①?
明月清风随意取,青山绿水任遨游。
知足胜过长生药,克己乐为孺子牛②。
切莫得陇犹望蜀③,神怡梦稳慢白头。

【注释】

① 筹:筹码,引申为自身利益。

② 孺子牛:《左传·哀公六年》:"女忘君之为孺子牛而折其齿乎?"孺子,齐景公的儿子公子荼。齐景公为嬉戏,曾口衔着绳子学做牛,让公子荼拉着,公子荼跌倒,拉折了齐景公的牙齿。鲁迅《自嘲诗》:"横眉冷对千夫指,俯首甘为孺子牛。"后以"孺子牛"比喻甘愿为人民大众服务的人。

③ 得陇犹望蜀:已得到了陇右,还想攻取西蜀。得陇望蜀为成语,比喻贪心不足,务求多得。

【点评】

此诗的妙处在于直而不浅,率而不庸,通篇口语,却蕴含深深的哲理。作者无意于做官,诗中所言却是一篇官箴,堪作为官从政者的座右铭。

且看首联,"无忧无虑又无求,何必斤斤计小筹?""三无"并非消极虚无之语，"人到无求品自高"，这是宁静致远的心态、淡泊明志的襟怀。"何必"两字下得好，用反问的语气表明态度，既然无欲无求，自不必斤斤计较。"明月清风随意取，青山绿水任遨游"，第二联将知足常乐的观念托自然之美说出，明月清风何其高雅，青山绿水又何其赏心！"无丝竹之乱耳，无案牍之劳形"，更无官场之倾轧，可以醉心于其中。此联笔致豁达，显示作者的高士风范，邵雍躬耕陇亩，终身不仕，言行如一。"知足胜过长生药，克己乐为孺子牛"，第三联又在前二联的基础上递进一步，不仅映照诗题，揭示了知足的主旨，而且将知足与克己联系一起，阐明欲知足须克己，只有克己方能知足。而能做到知足常乐，乐以忘忧，自然身心健康，胜过一切灵丹妙药。孔子曰："克己复礼为仁"，就是指抑制自己的欲望，使言行符合礼仪。"孺子牛"语出《左传》，引申为甘愿奉献的人，体现了一种对崇高境界的追求。尾联中作者告诫世人切莫贪得无厌，得陇望蜀，只有知足常乐，才能青春常驻。李白诗曰："物苦不知足，得陇又望蜀。人心若波澜，世路有屈曲。"两首诗确有异曲同工之妙。

邵雍此诗至今已有九百余年，今日展读，仍极富教育意义。尤其他在诗中提出"知足"、"克己"等观点，具有振聋发聩之功效，无疑是一剂终生受用的良药。领导干部不妨多读几遍，对于名利、地位和待遇要知足，对于学习、工作和奉献要知不足。同时，要坚决克制各种不正当的欲望。知荣辱，明是非，辨良莠，分好坏，不为情所困，不为利所惑，不为色所诱，廉洁奉公，力争做反腐倡廉的楷模。

咏 柳

北宋·曾 巩

乱条犹未变初黄^①，

倚得东风势便狂。

解把飞花蒙日月^②，

不知天地有清霜。

【作者简介】

曾巩(1019～1083)，北宋文学家，字子固，南丰(今属江西)人。嘉祐进士，尝奉诏编校史馆书籍，官至中书舍人，为王安石所推许。散文平易舒缓，长于叙事说理，讲究章法结构，为"唐宋八大家"之一。后人亦以其与欧阳修并称为"欧曾"，有《元丰类稿》，另《隆平集》也题为其作。

【注释】

① 乱条：指柳树随风乱舞的枝条。初黄：柳条将绿之际的嫩黄色。

② 解：懂得，明白。飞花：指柳絮。

【点评】

曾巩为"唐宋八大家"之一，以散文著称，诗作造诣亦不低，七言绝句尤佳，后人赞其有王安石的风致。其诗清隽超逸，《咏柳》

就是一首淳朴清新的佳作。

诗题为"咏柳",是一首咏物诗。咏物来存在正咏和反咏,此诗显然是反咏。作者托物抒怀,将春天的柳树条比拟为得势便猖狂的小人,抒发了作者对奸佞之人的憎恨及对黑暗势力的嘲讽。

首句直接揭露了早春的柳条在初黄将绿之际便开始蠢蠢欲动。一个"乱"字,用得精警贴切,将随风乱舞的枝条拟人化了,人世间的各类小人每每在乱中售其奸。第二句紧随上句,"倚得东风势便狂",使我们联想到杜甫诗:"颠狂柳絮随风舞,轻薄桃花逐水流"(《绝句漫兴》九首之一),此句明显化用其意。一个"狂"字入木三分,把柳条张扬颠狂的情态刻画得惟妙惟肖,更把倚仗权势、得志猖狂的无耻之徒揭露得淋漓尽致。这两句借物讽世,足见其察物之精,体理之微。第三句"解把飞花蒙日月",飞花即指柳絮,是柳树种子上生的白色绒毛,随风飞散。此句承上启下,绝句之第三句往往颇为重要,如衔接不当,会使结尾苍白无力。作者笔势一宕,以柳絮漫天飞舞、企图遮日蔽月,来抨击奸佞小人肆无忌惮,意欲一手遮天、制造黑暗的丑恶嘴脸。"不知天地有清霜",尾句铮铮有声,字面上说,到了天气初肃的晚秋,经过寒霜的柳条不就凋零枯萎了吗?作者在修辞上运用欲擒故纵手法,一、二、三句写足柳条、柳絮的猖狂,尾句道出它们终究灭亡的命运,实际上在警告一切无耻小人。"清霜"象征着人世间的正气和正义。作者宦游多年,深谙封建官场的特点,此诗完全是有感而发。

此诗给我们以深刻启迪:其一,小人总是喜欢倚仗权势兴风作浪,这是人世间难以避免的暗角,古今皆同;其二,尽管小人无恶不作,但毕竟邪不压正,难成气候;其三,为官者特别是领导干部要近君子,远小人,这是我们的事业兴旺发达的重要因素。

金陵怀古（四首选一）

北宋·王安石

霸主孤身取二江①，子孙多以百城降。
豪华尽出成功后，逸乐安知与祸双？
东府旧基留佛刹②，后庭余唱落船窗。
黍离麦秀从来事③，且置兴亡近酒缸。

【作者简介】

王安石（1021～1086），北宋政治家、文学家、思想家，字介甫，号半山，抚州临川（今属江西）人。庆历进士，熙宁二年（1069），为参知政事，次年拜相，推行新法，史称"王安石变法"。由于保守派强烈反对，新政推进迭遭阻碍，他于熙宁七年罢相，次年再相，九年再罢，退居江宁（今江苏南京），封荆国公，世称"荆公"。散文雄健峭拔，为"唐宋八大家"之一，诗遒劲清新，词风格高峻，有《王文公文集》《临川先生文集》。

【注释】

① 二江：宋代的江南东路和江南西路的简称，也是建都金陵诸国的主要统辖区域。

② 东府：唐宋时宰相府的习称。这里指东晋简文帝的丞相司马道子的府第。

③ 黍离：见《诗经·王风》；麦秀：见《史记·宋微子世家》。

指当年东周的大夫和殷朝的旧臣悯伤故国、怀念旧都所作的哀伤、凭吊的诗歌。

【点评】

王安石是北宋时期的文学大家，同是又是著名的政治家，因此，他在写怀古诗时，往往立意高远，有强烈的兴亡之感、家国之思。《金陵怀古四首》是他所作的一组七律，现对其第一首展开探析。

金陵（今江苏南京）曾是东吴、东晋、宋、齐、梁、陈、南唐等朝代的都城。在隋唐之前的三百年里，金陵更换了六个朝代，而后来被北宋翦灭的南唐也只有三十九年历史，皆是短命王朝。首联"霸主孤身取二江，子孙多以百城降"，开门见山，如一幅历史画卷展现在眼前。开国君主创下基业何等艰难，而不肖子孙却轻易地使江山易主。六朝（还有南唐）的兴衰史实皆是如此，这究竟是什么原因呢？"豪华尽出成功后，逸乐安知与祸双？"颔联一针见血，语气尤其沉重，政权败亡的根本原因，是继承者们豪华尽逐、骄奢淫逸。此联凸显了王安石作为政治家的深刻见解，揭示了政权兴衰的普遍规律。他敏锐地洞察到北宋王朝存在着尖锐的社会矛盾，因而借诗警世，表现了强烈的忧国忧民情怀。在颈联里，作者又以南朝旧事作证：东晋简文帝的丞相司马道子的府第，早已败落成几间佛寺了；而陈后主谱写的淫靡之音《玉树后庭花》遗曲，其余音仍从十里秦淮的画舫中传出。作者不禁感慨万千，"黍离麦秀从来事，且置兴亡近酒缸"，尾联道出历代王朝更替是不易之事，还是将兴亡暂且搁置不论，付诸于酒杯吧。

此诗一气呵成，既有历史的回荡，又有哲理的闪光，不失为怀古诗中的名篇。王安石还有一首词作《桂枝香·金陵怀古》，极受人们推崇，被誉为绝唱。其词结尾是："至今商女，时时犹唱，后庭遗曲。"可与此诗参读。二作意趣如出一辙，情感一脉相承，有着异曲同工之妙。

历史是现实的一面镜子。此诗所揭示的历代王朝兴衰存亡的普遍规律，对于今天的从政者而言，无疑具有深刻的警示作用。

孤　桐

北宋・王安石

天质自森森①,孤高几百寻②。

凌霄不屈己③,得地本虚心。

岁老根弥壮,阳骄叶更阴。

明时思解愠④,愿斫五弦琴⑤。

【注释】

① 天质:天然的品质。森森:树木茂密的样子。

② 寻:古代长度单位。八尺为一寻。

③ 凌霄:接近云霄,形容桐树长得高大。

④ 明时:政治清明的时代。愠(yùn):含怒;怨恨。思解愠即考虑调解民间怨恨。

⑤ 斫:用刀斧砍。五弦琴:中国古代拨弦乐器。桐树是制琴的上好材料。

【点评】

王安石年青时就有着匡时报国的志向,二十岁中进士后,在地方官任上做了大量有利于国计民生的实事。面对腐败的朝政和衰落的国势,心忧天下,一心报国。宋仁宗时,他曾上万言书提出改革主张,虽未被采纳,但因此而名声鹊起。宋神宗时拜相,即推行新法,然而,新法遭到顽固派们的极力反对和百般攻击，很难真正实施。他两度拜相又相继罢免，历史在这里翻开了沉重一页。此诗借咏孤桐来表达作者的高怀远致，是情挚而思深的励志诗。

诗题"孤桐"，一个"孤"字，耐人寻味。"天质自森森，孤高几百寻"，首联气势凌云，提挈全篇，先从外观上为桐树造势。"森森"为树木茂密貌，从唐代杜甫《蜀相》诗句"锦官城外柏森森"脱化而来。王安石诗有杜诗格调，他十分推崇杜甫"沉郁顿挫"的诗风。"孤高"二字中又重现一个"孤"字，五律幅短，最忌重复遣字，作者为写诗高手，自然笔不虚骋，字不苟下，此处重复，并非才短，而是作者匠心独运。"孤"字既呈孤傲之态，又含孤独之意。它是作者变法受阻后的真实写照。"凌霄不屈己，得地本虚心"，颔联既从精神特质上赞美桐树，又是对自身的砥砺，表现出作者不屈不挠的意志和虚怀若谷的风度。颈联宕开一笔，桐树经久不衰，历困弥盛，令人赞赏。从外观到内在、从时间到空间咏叹后，当读者正在欣赏孤桐貌之雄、品之高、情之炽时，作者在尾联中则以上古时舜帝弹着五弦琴、唱着"南风之熏兮，可以解吾民之愠兮，南风之时兮，可以阜吾民之财兮"的典故收束全诗，表现出作者为了社稷苍生不惜献身的决心。作者以孤桐自比，赋诗明志，而孤桐恰恰与作者的人生相契合，其人恰似一根铮铮作响的桐木！

此诗构思精巧，用意新颖，对仗工整，内涵深刻，诵之感人肺腑，思之令人起舞，充分显示出王安石作为大政治家、大文学家的文采和胸怀。即使是其政敌，也不得不佩服他的道德文章。

王安石变法固然与当今改革不可同日而语。但王安石在变法受挫后所持有的坚定执著、坚贞不屈精神，以及在变法失败后所表现的孤芳自赏的气度，正值得当今锐意改革、立志创新者承继。

商　鞅①

北宋·王安石

自古驱民在信诚②，
一言为重百金轻③。
今人未可非商鞅④，
商鞅能令政必行。

【注释】

① 商鞅（约前390～前338），战国时期秦国政治家，卫国人，本名公孙鞅，后封于商邑，因称商鞅。公元前361年到秦国，受到秦孝公重用，实行变法，奠定了秦国富强的基础。公元前338年孝公死，被车裂，现存《商君书》二十四篇。

② 驱民：统治和管理老百姓。

③ 据《史记·商君列传》载：商鞅变法初，担心老百姓不按照新法去做，便下令在秦国都城南门竖了一根三丈高的木柱，声明谁能把木柱扛到北门，赏十金；人们感到疑惑，没人敢扛。商鞅又宣布能扛者赏五十金。有个人把木柱扛到北门，商鞅立即赏五十金。这件事传遍秦国，人们相信商鞅能说到做到，言而有信。商鞅看时机成熟，于是便开始推行新法。

④ 非：非议，诋毁。

【点评】

王安石不仅是北宋时期杰出的文学家,还是著名的政治家、改革家。他对北宋朝政的废弛、国力的衰弱、社会矛盾的尖锐非常警觉,持改革图强的政治主张。即任宰相后,他着手改革旧政,创立新法,意在增加国家财政收入,巩固宋王朝的统治,史称"王安石变法"。因其变法触犯了大官僚、大地主的利益,遭到许多朝臣的反对。他不为所动,认为"天变不足恤,人言不足畏,祖宗不足法",坚持推行新法。针对当时顽固派的百般污蔑攻击,他写下了这首诗予以反驳。

首句"自古驱民在信诚",旗帜鲜明地亮出了论点,自古以来管理百姓的根本就在于讲究诚信。为支持这个论点,次句就以商鞅竖木求信的历史故事作为论据,"一言为重百金轻",以一"重"一"轻"的强烈对比,充分表明诚信比泰山还重,比黄金还贵。"今人未可非商鞅,商鞅能令政必行",后两句作者以论述终篇,高度颂扬了商鞅变法的历史功绩。"今人"概念比较宽泛,既指反对改革的顽固派们,又指对改革不理解不支持的人们。作者毫不掩饰对商鞅的赞美和喜爱,诗中连用了两个"商鞅"。将前一句的结尾作为后一句的开头,属于修辞上的"顶针"手法,增强了诗句间的逻辑关系,更是作者感情色彩的自然流露。

此诗言辞坚定,论述明晰,情感充沛,具有一股高屋建瓴之势、矢志不渝之概,表现出政治家磊落的襟抱和凛然的气魄。

此诗具有双重现实意义。王安石写此诗时,正在大力推行政治和经济改革,面对阻力和非议,他以诗明志,表明自己为了变法、不怕杀头、不惜罢官的决心。当今,我们正处于改革开放的历史时期,对于历史上一切变革的是非成败,必须认真借鉴总结,使其成为我们宝贵的政治遗产。同时,此诗强调执政诚信的论点,可谓至理名言。时下,弄虚作假猖獗,阳奉阴违盛行,履行诚信是何等重要! 诚信既是做人的基本准则,也是守法的基本原则,更是为官的基本道德。

秋日偶成

北宋·程　颢

闲来无事不从容，睡觉东窗日已红。

万物静观皆自得，四时佳兴与人同。

道通天地有形外①，思入风云变态中。

富贵不淫贫贱乐②，男儿至此是豪雄。

【作者简介】

程颢（1032～1085），北宋哲学家、教育家，字伯淳，人称"道明先生"，洛阳（今属河南）人，嘉祐进士，神宗时为太子中允监察御史里行，曾和弟程颐学于周敦颐，同为北宋理学的奠基者，世称"二程"。他和其弟的学说后来为朱熹所继承和发展，世称"程朱学派"。著作有《定性书》《识仁篇》等，后人所编《遗书》《文集》《经说》等，收入《二程全书》中。

【注释】

① 道：道理，事物的规律。

② 富贵不淫：指不为金钱、地位所迷惑。淫：迷惑。出自《孟子·滕文公下》："富贵不能淫，贫贱不能移，威武不能屈。"

【点评】

程颢是北宋时期著名的哲学家、教育家，他所创立的理学对后世影响极大。他的诗并不空洞说教，而是用平浅的语言将深奥的哲理表达出来，使人读后如沐春风。

首联"闲来无事不从容，睡觉东窗日已红"，说的是心情平和宁静，做任何事都能从容不迫，亦自能安寝。好一句"无事不从容"，一个雍容大度、从容淡定的智者形象顿显，读者也仿佛置身于庄严肃穆的课堂，在聆听一位哲人讲授哲理。"万物静观皆自得，四时佳兴与人同"，颔联说的是静观世上万物，人们总会有所收获，欣赏四季美好风光，总能有所领悟。此联可谓大手笔、大气象，殊耐咀含。颈联比颔联又深入一步，更为具体，"道通天地有形外，思入风云变态中"，说的是规律贯穿于天地间，人们应该从中揣摩领会，此联完全将深奥的哲学理念诗化了。尾联从哲学理念转向道德情操，"富贵不淫贫贱乐，男儿至此是豪雄"，富贵不迷惑、贫贱能安乐，能做到这样才是英雄豪杰。孟子说："富贵不能淫，贫贱不能移，威武不能屈。"这是古人的最高的道德标准和行为准绳。此联前一句显然从中脱化而来，此句含金石之声，挟雷霆之势，读后令人心神为之一振。

"富贵不淫贫贱乐"，此句警策动人，更应为官从政者们的格言警句，堪为座右铭！

送　春

北宋·王　令

三月残花落更开，
小檐日日燕飞来①。
子规夜半犹啼血②，
不信东风唤不回。

【作者简介】

　　王令(1032～1059)，北宋诗人，字逢原，广陵(今江苏扬州)人，以教书为生。其诗语言粗犷，风格劲健，颇受韩愈、卢仝影响，内容或描写社会生活，或抒写自己的政治抱负，为时所称。王安石推重其诗文和为人，认为"可以共功业于天下"，将其妻妹嫁给他，有《广陵先生文集》《十七史蒙求》。

【注释】

　　① 小檐：矮小的屋檐。檐即房顶向外伸出的部分。
　　② 子规：即杜鹃，鸟类。又名布谷、杜宇。暮春初夏时常昼夜不停地啼叫。

【点评】

　　王令是北宋时期的诗人，他有进步思想和远大抱负，虽身处贫贱，却常怀拯济天下之志。在其短暂的一生中，为中华诗坛留下四百余首脍炙人口的好诗。七绝《送春》便是一首富有哲理启示、饱含浩然正气的诗作。

"三月残花落更开",首句点明时序,由早春二月进入暮春三月,天气渐暖,百花竞开。见花残花落而伤怀乃人之常情,而作者却十分乐观地认为,此花凋落,更有彼花绽放,一个"更"字洋溢着旷达的意绪、不俗的胸次。"小檐日日燕飞来",二句递进一步,在明媚的春光中,燕子正在屋檐下呢喃。浓浓的惜春、恋春之情凝聚笔端,心境因情境而起波澜。其实,花落花开,燕去燕归乃大自然规律,作者何尝不知。面对"匆匆春又归去",李后主哀叹"流水落花春去也",表达的是无可奈何之情,而作者表达的则是对春天的由衷赞美。在作了必要的铺垫后,此诗奏响了"子规夜半犹啼血,不信东风唤不回"的强音。作者此处运用了一个感人至深的传说——相传周朝末年蜀国国王杜宇禅让退隐,不幸国亡身死,死后其魂化为杜鹃鸟,暮春夜半不停地啼叫,其声哀怨凄悲,啼叫最苦时口中流血。杜鹃又名布谷、子规,作者以杜鹃为寄托,呼唤春天、赞美春天、守望春天,表达自己对美好生活和崇高理想的执著追求。末句两个"不"字叠用不同凡响,显示作者矢志不渝的信心和决心。此诗运用了传统的比兴手法,前后呼应,极富韵致,特别是末两句,已成千古名句。

此诗蕴蓄的深刻启示有三:其一,困难时候要看到光明,坚信困难总是暂时的,善于化危机为生机,化阻力为动力;其二,像杜鹃啼血那样,以顽强的意志,执著的精神去做好每件事;其三,当奢风毒雾迷漫时,要坚定信念,坚信清正廉洁的东风总会占据上风,健康的力量总会战胜腐朽势力。

慎　交（节选）

北宋·王　令

昏镜无好面①，恶土无善禾②。

镜不但自昏，损人颜色多③。

地恶根不长，禾死其奈何。

必欲识己真，擦镜除埃尘。

必欲得善禾，易地勤耕耘。

【注释】

① 好面：端庄美丽的脸庞。

② 善禾：优良的稻粟。

③ 颜色：脸色，指脸上的表情。

【点评】

王令身为布衣，生活清贫，却怀有远大抱负，渴望济世报国，不愿趋炎附势、蝇营狗苟。对于交友，王令有着独到的认识，他告诫人们须"慎交"，很有见地。此诗不假雕饰却警策动人，可见作者的慧性灵心。

"昏镜无好面，恶土无善禾"，第一联开宗明义，借物起兴。作者明确指出，暗淡的镜子照不出端庄的脸庞，贫瘠的土壤长不出优良的稻粟。按理，明镜高悬，洞察一切，最能真实地映照人和事物。唐太宗有云："以铜为镜，可以整衣冠；以古为镜，可以知兴替；以人为镜，可以明得失。"土壤则是五谷生长之基。然而，凡事皆有正反面，镜子和土壤亦不例外。此诗第一联从正面下结论，第二、三联则从反面进行阐述。在第四、五联中，作者认为：欲识己真，擦镜除尘；欲得善禾，易地勤耕。两个"必欲"连用，态度鲜明而坚定，直率而真挚，郁勃之怀和书生意气渗透在诗里行间。

此诗采用平中见奇的艺术构思，深入浅出的写作手法，用浅显的比喻将深沉的哲理道出。诗题为"慎交"，作者并未泛泛空谈慎重交友的重要性，而是用"昏镜"、"恶土"喻世，从反面说明自知之明和知人之明的难能可贵。王令作为一介布衣，却有如此远见卓识，无怪乎王安石在悼念王令的诗中痛心疾首、黯然神伤："妙质不为平世得，微言惟有故人知"。

此诗给今人留下了深刻启示：其一，应着力铲除产生"昏镜"、"恶土"的社会条件，使明镜高悬、沃土飘香。其二，对"昏镜""恶土"的危害须有惩治措施，要将其损害面置以可控范围。其三，在全面推进反腐倡廉建设之际，提倡他律和自律并重，而对各级领导干部而言，尤要强调自律。

赠刘景文①

北宋·苏　轼

荷尽已无擎雨盖②，
菊残犹有傲霜枝③。
一年好景君须记，
最是橙黄橘绿时。

【作者简介】

　　苏轼（1037～1101），北宋文学家、书画家，字子瞻，号东坡居士，眉州眉山（今属四川）人。嘉祐进士，曾任祠部员外郎，知密州、徐州、湖州、杭州、颖州等，官至礼部尚书，数次遭贬谪。文汪洋恣肆，明白畅达，为"唐宋八大家"之一。其诗清新豪健，词开豪放一派，对后代很有影响。擅长行书、楷书，能画竹、枯木怪石。诗文有《东坡七集》等，词集有《东坡乐府》。

【注释】

　　① 刘景文：字季孙，开封祥符（今河南开封）人，时任两浙兵马都监，驻杭州，与苏轼交谊甚密，苏曾举荐其为隰州（今山西隰县）知州。

　　② 擎雨盖：指托住雨珠的荷叶。

　　③ 傲霜：不惧怕风霜。

【点评】

苏轼在知杭州(1090)任上时,与刘景文交往颇深,苏轼敬重刘的为人,故赋诗相赠。

"荷尽已无擎雨盖,菊残犹有傲霜枝",出句不凡,对句亦工。荷、菊向为诗人们所爱,荷"出污泥而不染,濯清涟而不妖",实为水中之英;菊蕊寒香冷,典雅高洁,恰是霜中之杰。历代诗家咏荷咏菊,一般都在荷、菊盛开之际,譬如唐代黄巢的咏菊:"冲天香阵透长安,满城尽带黄金甲";南宋杨万里的咏荷:"接天莲叶无穷碧,映日荷花别样红"。苏轼作为文学大师,深知美学之妙,他以残缺美的魅力,向人们描绘出一幅秋冬之交的枯荷残菊图。荷枯根犹存,菊残枝仍挺,充分显示了其孤标傲世的品格。这并非泛泛写景,分明是作者人生的自我写照。苏轼一生大起大落,仕途十分坎坷。元丰二年(1079)七月,作者因写诗受诬,被捕入狱,身心饱受摧残,这就是朝野震惊的"乌台诗案",后又屡屡被贬,度过多年的贬谪岁月。但作者是极其乐观旷达的,他有着非同寻常的胸怀,故在第三句笔锋一转,另开新境。其实,一年中最美好的景色"最是橙黄橘绿时"。诗人在橙橘并提中偏重于橘,因橘作为"嘉树",在初冬"自有岁寒心",其坚贞节操亦为诗人所推崇和敬仰。此诗一、二句对荷、菊的歌颂意在衬托橙和橘的不凡,托物明志。

诗有尽而意无穷,在艰难困苦中如何保持做人做事的气节,在遭遇逆境时如何坚守从容淡定的风度。读罢此诗,我们自能有所领悟。

病　牛

北宋·李　纲

耕犁千亩实千箱[1]，
力尽筋疲谁复伤[2]？
但得众生皆得饱，
不辞羸病卧残阳[3]。

【作者简介】

李纲(1083～1140)，宋代名臣，字伯纪，邵武(今属福建)人。政和进士，历任太常少卿、兵部侍郎、尚书右丞。高宗即位后，拜相，在职仅75天，终被投降派排斥，后任湖广宣抚使等职。曾多次上疏，陈说抗金大计，并亲自率军指挥作战，收复失地。

【注释】

① 箱：通厢，仓廪，粮仓。实：填满，装满。

② 谁复伤：谁还为之悲伤。

③ 羸(léi)：瘦弱。身病体羸。

【点评】

李纲是宋代名臣。北宋靖康元年(1126)金兵败盟南下，他疏请徽宗禅位太子，以号召天下。钦宗即位，他反对迁都，积极备战，迫使金兵撤退。他多次上疏，陈说抗金大计，都未被采纳，不久以"专主战议"被谪。1127 年,高宗即位,拜相,李纲主张用两河义军收复失地,在职仅 75 天,便被投降派排斥。此诗是他罢相贬谪武昌(1128)后所作。他在特定的时代背景下作《病牛》诗,实是托物明志,咏"病牛"而自喻,抒发自己抑郁不平之气。

首句开门见山,"耕犁千亩实千箱","千"字重复使用,以夸张手法,歌颂了牛的功绩。牛辛勤耕耘,使得仓廪充实,为此它却耗尽了气力。次句"力尽筋疲谁复伤",承首句而发问:牛如此辛苦,纵然筋疲力尽,伤痕累累,又有何人同情和怜惜呢?这一句是为牛鸣不平,具有强烈的责问色彩,弦外之音是人们对牛太不爱惜、太不体恤了。那么,牛是否就因此而怨恨了呢?末两句"但得众生皆得饱,不辞羸病卧残阳",其实,为使百姓大众都能温饱,老牛心甘情愿病卧在夕阳下的田地里。"不辞"二字,使诗句有了慷慨激昂之势,牛的形象更为感人。

此诗以拟人手法,将作者的忧国忧民情怀通过任劳任怨的牛生动形象地表现出来。诗题为《病牛》,"病"字非常精警,试想,牛忍辱负重,耕耘不已,已自难能,更何况病牛乎!在语言运用上,首句"千"字和三句"得"字重复使用,皆增加了语势和感情的强度,读来亦朗朗上口。

今日重读此诗,李纲其人其事随即浮现眼前。共产党人应以全心全意为人民服务为唯一宗旨,作为党员领导干部应当时刻心系国计民生,永远甘做人民大众之牛。

书　警（节选）

北宋·杜浚之

静看如山祸，差之一念间①。

所得甚眇眇②，所丧已漫漫。

百年修不足③，一朝容易残。

虽处四壁立④，如享万钟宽⑤。

静坐明月窟，濯足清风滩⑥。

【作者简介】

杜浚之，生卒年不详，宋末金华(今属浙江)人，领乡贡(属于举人的一种)。宋亡后，矫行晦迹，寄食西峰僧寺以终。

【注释】

① 差之一念间：即一念之差，一个念头的差错。

② 眇(miǎo)眇：细小，微小。

③ 修：修身，提高自己的品德修养。

④ 四壁立：家徒四壁，形容极其穷困，一无所有。

⑤ 万钟：钟指盛酒或粮食的器皿，万钟指很多的器皿。

⑥ 濯(zhuó)足：洗脚。《孟子·离娄上》："清斯濯缨，浊斯濯足矣。"比喻超脱尘俗。

【点评】

此诗是作者为防贪保廉而作。《书警》即诗化的座右铭,亦即现在我们所说的警句、格言。

"静看如山祸,差之一念间",大祸临头,往往是一念之差造成。一念间能看出一个人的道德品质的高下优劣,尤其是关键时刻,最能考验人。"所得甚眇眇,所丧已漫漫",一念之差,往往得不偿失。南宋诗人陆游云:"淫于富贵,移于贫贱,得不偿失,荣不盖愧",与作者说的是一个意思。"百年修不足,一朝容易残",作者进一步阐述修身即提高个人品德修养之不易,而节操不保却相当容易,从"百年"之漫长到"一朝"之短促,作者通过对比来告诫人们,曾有多少人晚节不保,实在令人扼腕。"虽处四壁立,如享万钟宽",如果说上联作者从时间的对比上阐述,此联则从空间的对照上自励。"四壁立"即家徒四壁,语出《史记·司马相如传》,形容极其穷困,一无所有。尽管贫困,但乐以忘忧,心底无私天地宽,这是心理上的满足,是精神层面上的宽慰。"静坐明月窟,濯足清风滩",比喻举止言谈超脱尘俗。清风明月向来是高洁之士追求的境界,表达了作者坚守清操贞节的志向。

北宋末期,官场日益腐败,内忧外患十分严重。作者身处末世,却能保持崇高的品德,为后人树立了榜样。他存诗不多,却能流传至今,足以表明后人对他诗作的肯定和对他品德的褒扬。

辞汤庙诗①

北宋·张之才

一官来此四经春②，

不愧苍天不愧民。

神道有灵应信我，

去时犹似到时贫。

【作者简介】

张之才，生卒年不详，北宋时曾任阳城县令。

【注释】

① 汤庙：商汤庙。

② 四经春：四个春秋，即四年。

【点评】

张之才所作的诗，用现代人的话来说，就是一篇官员的述职报告，或曰离任审计报告，我们且看他在诗中是怎样叙述的。

首句"一官来此四经春"，点明了时间、地点，即本人来阳城县做县令已经四年了，四年县令下来，政绩如何呢？百姓评价又如何呢？二句予以高度概括："不愧苍天不愧民。"两个"不愧"连用，富有节奏，音调铿锵。从政为官，能做到上不愧天、下不愧民，殊为不易。这是夫子自道，那么，是否有自夸之嫌呢？第三句笔锋来了个大转折，"神道有灵应信我"，就请神明鉴察吧，他们完全应当相信我的言行。原因何在呢？"去时犹似到时贫"，他离任时仍如上任时一样清贫。据史载，张之才做县令四年，除朝延俸禄外不贪不沾，始终坚守廉洁。他秉公执法，理清冤狱，被老百姓称为"铁面青天"，真是难能可贵！特别是他在商汤庙向众人辞行时，敢于公开赋诗表白，可见他为官公正清廉是经得起检验的，他不是在作秀，而是作了份掷地有声的自我鉴定。

此诗从宋代流传至今，表明中国的老百姓对清官的褒扬和崇敬，同时也是对当今领导干部的廉政勤政的一种期盼和鞭策。我们的为官从政者能否做到"不愧苍天不愧民"、"去时犹似到时贫"呢？这实在是一份严峻的考验。

孝肃包公遗像赞①

北宋·无名氏

龙图包公②,生平若何?
肺肝冰雪③,胸次山河④。
报国尽忠,临政无阿⑤。
杲杲清名⑥,万古不磨。

【注释】

① 孝肃包公:包拯卒谥孝肃,包公为尊称。

② 龙图包公:包拯曾任龙图阁直学士。

③ 肺肝:肺腑,即内心、心地。

④ 胸次:胸怀,气量。

⑤ 无阿:不迎合、不偏袒,刚直不阿。

⑥ 杲(gǎo)杲:明亮的样子。

【点评】

包拯生前为官清廉,办案公正,刚直不阿,被老百姓誉为清官、"包青天"。包拯去世后,朝廷谥孝肃,为其建祠堂、立遗像作为褒奖。这首四言诗对包拯一生予以热情赞颂和高度评价。

此诗以设问开篇,"龙图包公,生平若何?"包拯曾任龙图阁直学士之职,故世人尊称其为"包龙图"、"包公"。三、四句对他的道德情操作出评价,"肺肝冰雪,胸次山河",肺肝即肺腑,指其内心,胸次即胸怀,指其气量。此两句意为内心象冰雪般磊落,胸襟象山河般宽广。五、六句讴歌他的政绩品行,"报国尽忠,临政无阿",意为报效国家,竭尽忠诚,办理政务,刚直无阿。"无阿"即不阿,不迎合、不偏袒。如此高风亮节,自能名垂千古。"杲杲清名,万古不磨","杲杲"指明亮的样子,在此引申为崇高,包拯崇高的英名,万古也不会磨灭。

此诗在结构上颇具特色,短短三十二个字,语言精粹,情感真挚,充分表达了对清官的敬仰赞美之意。

哭黄仲实①

北宋·无名氏

谁能抱清节②,死亦照人寒③。

白发古君子,青衿旧长官④。

俸钱还药尽,旅榇到家难⑤。

若葬路旁上,自然神物安⑥。

【注释】

① 黄仲实:黄颖,字仲实,宋代莆田(今属福建)人,曾任长泰县令兼龙溪县尉。

② 清节:清廉的节操。

③ 寒:清寒。

④ 青衿:周代学子的服装,此指读书人的穿着。

⑤ 榇(chèn):棺材。

⑥ 神物:神灵,指能力、德行高超的人物死后的精灵。

【点评】

此诗树立了一名廉吏的光辉形象。据史书载,宋代长泰县令兼龙溪县尉黄颖(字仲实),居官清廉,颇有政声,将职田收入尽给耕农,卒于任上。临终前,嘱其子黄公坦曰:"吾宁可埋葬道侧,亦不可受人财物治丧。"黄颖病逝后,长泰、龙溪两县士民争送金帛等物,公坦一无所受。后人评论曰:父之道行之于子,可以为世楷范也。诗人有感于黄颖这种高风亮节,特以诗哀悼。

此诗首联设问,有谁生前秉持清白廉洁的节操,至死德行的清辉仍能照耀后人? 生前身后都能固守清节,黄颖确实做到了。首联是对黄颖一生总的评价,其中一个"清"字,一个"寒"字,概括得当,笔妙情挚。额联以"白发"与"青衿"相辉映,试看,一派白发苍苍的君子风度,一袭青衿悠悠的长官仪表,多么谦逊,多么亲切! 相比之下,那些趾高气扬的官僚能不汗颜! 颈联以其因廉洁清贫,生前俸禄只够买药、死后灵柩难归的情形,进一步予以赞美。试想,一个死后都要子女固守清廉的长者,能不令人肃然起敬么!

现实生活中,有些腐败官员,利用职权便利,大肆受贿索贿,在建造豪宅的同时,连自己甚至后代的阴宅都造好了。这些败类的行径虽然只是个案,但影响极其恶劣。与古代贤者相比,可谓有天壤之别。正如英国学者赫胥黎所说:"人和人的差距,有时比人和猿的差距还要大。"

题青泥寺壁①

南宋·岳 飞

雄气堂堂贯斗牛②，
誓将贞节报君仇③。
斩除顽恶还车驾④，
不问登坛万户侯⑤。

【作者简介】

岳飞(1103～1142)，南宋抗金名将，民族英雄，字鹏举，相州汤阴(今属河南)人。历任河南北诸路招讨使、枢密副使，封武昌郡开国公。前后三次北伐，收复了河南等广大地区。高宗赵构和宰相秦桧一意主和，将岳飞召面临安，解除兵权，并以"莫须有"罪名将他下狱杀害。孝宗时，追谥"武穆"，宁宗时追封鄂王，有《岳武穆遗文》，诗词散文都慷慨激昂。

【注释】

① 青泥寺：即青泥市萧寺，已废，故址在今江西省新干县。

② 斗牛：斗、牛为两星宿名。古天文家将星空的划分与地面的区域对应，江西之地正为斗、牛的分野。

③ 君仇：指靖康二年(1127)金人灭北宋，掳走徽、钦二帝北去这一事件。

④ 车驾：指宋徽宗、宋钦宗二帝。

⑤ 登坛:指拜将。

【点评】

　　岳飞为南宋爱国名将,少年时目睹金兵入侵、祖国山河破碎,立志尽忠报国,以收复山河为己任。后投身行伍,刻苦读书,英勇善战,屡建功勋,深为百姓拥戴。其事迹在民间代代流传,经久不衰。岳飞身为武将,诗词存世不多,但作品很具个性,是大将军率性而为的英雄乐章。

　　此诗首句浩气凛然,"雄气堂堂贯斗牛",端的笔力雄健,气势磅礴,英雄气概跃然纸上。气冲斗牛为成语,斗、牛为星宿名,泛指天空,此句形容豪气昂扬。这种豪气为何所生,第二句直陈胸臆,"誓将贞节报君仇",他完全是为了实现尽忠报国的夙志。"君仇"指靖康二年(1127)金兵攻陷京城汴梁,掳走徽、钦二帝北去,北宋王朝至此灭亡。这是极其沉重的国破家亡之痛。如何报仇雪恨呢?作者心中目标明确,"斩除顽恶还车驾",除恶是指歼灭金兵收复中原,迎接徽、钦二帝还朝。岳飞在《满江红》词中写道:"靖康耻,犹未雪;臣子恨,何时灭。驾长车踏破,贺兰山缺。"其情怀、志向一以贯之,可与此诗互为印证。末句"不问登坛万户侯",展示了岳飞崇高的精神境界。他奋不顾身血战沙场不是为了拜将封侯,只为了抵御侵略,报仇雪恨。毕竟是将帅作诗,英雄壮气喷薄而出,意境高迈且气概雄阔,让人读后热血澎湃,豪气骤生。

　　"不问登坛万户侯"尤具现实教育意义。对于当今政坛上那些追名逐利者无疑是当头棒喝和无情鞭挞,更使那些跑官要官者如芒刺在背、无地自容。

示二子

南宋·陈俊卿

兴来文字三杯酒，
老去生涯万卷书。
遗汝子孙清白在①，
不须厦屋太渠渠②。

【作者简介】

陈俊卿(1113～1186)，字应求，南宋兴化(今福建莆田)人。绍兴进士，历任泉州观察推官、秘书省校书郎、兵部侍郎、吏部尚书、同中书门下平章事(宰相)兼枢密使(最高军事长官)，谥正献。

【注释】

① 汝：你。清白：清廉纯洁。
② 厦屋：高大的房屋。渠渠：高大深广貌。《诗经·秦风·权舆》："於我乎，厦屋渠渠。"

【点评】

陈俊卿宦海沉浮一生，累官至宰相，当他步入晚年，感怀自己的人生时，是如何教示子孙的呢？这首《示二子》可谓别具一格，意味深长。

且看第一、二句"兴来文字三杯酒,老去生涯万卷书",说的是兴致来时饮酒写诗作赋,年老归去时有群书为伴。何等雍容,何等气度！诗句工整对仗,有行云流水之势。可以想象,有了如此情操,就不会投机钻营,行苟且之事;就不会贪婪敛财,行卑鄙之术;就不会拍马奉承,行谄媚之意。咀嚼此两句,可以想见作者的人格之高,风度之雅。"遗汝子孙清白在",第三句是此诗的主旨,意为给子孙后代留下的只有丰富的精神财富。"清白"二字其笔力千钧,既显高怀远致,又蕴蓄深刻哲理,令人玩味不已。末句"不须厦屋太渠渠",意为能留给子孙后代最宝贵的遗产,并非良田广厦。此句从《诗经》化出,自然流畅,不着痕迹。绝句短小,体裁有天然限制,布局谋篇,贵在简约凝炼。此诗脉络井然,笔妙情挚,读后为之感动,为之生敬。

　　陈俊卿认为,身后留给子孙们的,不应该是万贯家产的物质财富,而应该是令人受益无穷的精神财富。这一观念值得今人学习借鉴。现实生活中,人们总想为子孙们多留下一些物质财富,觉得这样方才对得起后代。这种愿望虽无可厚非,但实际上大可不必。因为,人在身后留给子孙们的产业总是有限度的,即使万贯家产,也有耗尽的一天。而清白的家风,能够潜移默化,对子孙们起到激励和警戒作用,这一无形的财富所含有的价值是难以估量的。

　　联系到当今反腐败斗争中揭露的案件,少数腐败分子在位时挖空心思敛财,置豪楼、造阴宅,把封妻荫子作为追逐的目标。这种做法极其腐朽,不仅使自己身败名裂,永远钉在历史的耻辱柱上,同时也坑害了后代们,教训尤为沉痛。

病起书怀

南宋·陆 游

病骨支离纱帽宽①,孤臣万里客江干②。

位卑未敢忘忧国,事定犹须待阖棺③。

天地神灵扶庙社④,京华父老望和銮⑤。

出师一表通今古⑥,夜半挑灯更细看。

【作者简介】

陆游(1125～1210),南宋诗人,字务观,号放翁,越州山阴(今浙江绍兴)人。少年时即受家庭中爱国思想熏陶。曾任镇江、隆兴、夔州等地通判,后官至宝章阁待制。他主张坚决抗战,一直受统治集团的压制、排挤,晚年退居家乡,但收复中原的信念始终不渝。一生创作诗歌很多,今存九千多首,内容丰富,风格雄浑豪放,有《剑南诗稿》《渭南文集》《南唐书》《老学庵笔记》等。

【注释】

① 支离:残缺。病骨支离比喻病体衰弱。

② 江干:江边。

③ 阖(hé)棺:盖棺。

④ 庙社:宗庙社稷,指朝廷和国家。

⑤ 和銮:皇帝的车驾。

⑥ 出师一表:指公元 227 年,蜀丞相诸葛亮北伐前向后主刘禅所上之表,后称《出师表》。

【点评】

陆游为南宋诗词大家,一生著作甚丰。后世评价他将"感激悲愤忠君爱国之诚,一寓于诗",其作品中所表现的强烈的爱国思想、忧国情怀,惊风雨,泣鬼神,激励着一代又一代中华儿女。

此诗首联交代作者自身的境况,语气沉郁却又不失幽默,"纱帽宽"三字体现了陆游在逆境中仍保持乐观旷达的情怀。淳熙二年(1175)范成大镇蜀,邀陆游任其幕僚。陆游到了前线,抱着杀敌报国的决心,屡向朝廷进谏,力主抗金,被投降派所忌,淳熙三年即遭罢免。此诗就是他在成都免职后生病病愈所作。有了首联的铺垫,颔联笔势更为遒劲,"位卑未敢忘忧国,事定犹须待阖棺",满腔热情,率性倾吐,充分显示了作者忧国忧民的情怀。阖棺即盖棺,盖棺论定指一个人的功过在他死后才能作出结论。历史对陆游的高度评价完全应验了这两句。如果说颔联着重抒写个人情怀,那么颈联则转向社稷百姓,从对社稷的保佑和百姓的愿望里,表达了作者至死不渝的爱国情衷。作者的忧国、爱国、报国情感洋溢在他全部作品中,其临终还留有《示儿》诗,盼望九州一统,两者互读,可加深理解。尾联以夜半难眠挑灯细看《出师表》作结,表明作者仿效古贤诸葛亮,满怀忠义节操。作者在其《书愤》一诗中也写到"出师一表真名世",可见其以诸葛孔明自期,为了社稷百姓不惜鞠躬尽瘁,死而后已。

贯穿陆游一生的忧国之心、爱国之情、报国之举,给后人留下一笔宝贵的精神财富,至今仍熠熠生辉。当夜深人静之际,我们不妨扪心自问,与古贤相比,自己还缺乏些什么?

哀郢^①二首（选一）

南宋·陆 游

远接商周祚最长^②，北盟齐晋势争强。
章华歌舞终萧瑟^③，云梦风烟旧莽苍^④。
草合故宫惟雁起^⑤，盗穿荒冢有狐藏^⑥。
离骚未尽灵均恨^⑦，志士千秋泪满裳。

【注释】

① 郢（yǐng）：楚国的都城，在今湖北省江陵县北。

② 祚（zuò）：皇位，指王统。

③ 章华：即章华台，楚国离宫，旧址有几处。萧瑟：形容景色凄凉。

④ 云梦：即云梦泽，在楚国境内。莽苍：指原野景色迷茫。

⑤ 故宫：在此指楚国都城旧时宫殿。

⑥ 荒冢：荒芜的坟墓。

⑦ 离骚：爱国诗人屈原的代表作。灵均：屈原的字。

【点评】

南宋孝宗乾道二年（1166），力主抗金的陆游被朝廷罢黜回乡，乾道四年后方被朝廷任命为夔州（今四川奉节）通判。在赴任路上途经荆州（今湖北江陵）这一楚国故都时，作者回想起楚国由盛而衰以至灭亡的历史，联系到南宋王朝国土沦丧、昏庸腐败的现状，触景生情，怀古伤今，写下了七律《哀郢》二首，这是其中的一首。楚国伟大的爱国诗人屈原当年曾作《哀郢》诗篇，抒发了对楚国乡土的热爱、对人民命运的关怀和对腐朽统治集团的愤恨，作者仿其意而为之。

首联回顾了楚国从立国到国势渐盛的历史，着笔简洁明了。楚原属商，到周代又被周成王封为诸侯国，国统久长，在其鼎盛时期，曾与齐国晋国结盟，对抗北面的秦国，一度称霸于诸侯。"章华歌舞终萧瑟，云梦风烟旧莽苍"，颔联情感悲愤，眼光冷峻，当年豪华非凡、终日歌舞的章华台如今一片凄凉景色，楚国著名的云梦泽风烟依旧莽莽苍苍，真可谓物是人非。颈联由宏观转向微观，由对历史的回顾转为眼前景物的描写。旧时郢都的宫殿早已杂草丛生，野雁成群，楚国王侯们的坟墓也已被盗贼挖掘，成了狐狸的藏身之所。此两联极状楚国的凄凉败落的景观。尾联"离骚未尽灵均恨，志士千秋泪满裳"，道出了作者对屈原的追慕之情，揭示了楚国的灭亡之因。《离骚》是屈原的代表作，作者指出，楚国的贵族以谄事君，排斥贤能，祸国殃民，从而导致国破家灭。千秋志士对此无不感慨万分，热泪沾裳。作者以史鉴今，抒发了自己的炽烈的爱国情怀，深深地感染着读者。

古代王朝的衰亡更迭，有着十分复杂深刻的因素，但君臣腐败导致亡国却是一条不变的规律。作者慷慨悲歌，借屈原的千古遗恨来告诫南宋王朝，在当时有着十分强烈的警示作用。至今，腐败导致国家衰亡的规律并没有改变，开展反腐倡廉建设的重要性怎么强调也不为过。

书室名可斋或问其义作诗告之①

南宋·陆　游

得福常廉祸自轻，

坦然无愧亦无惊。

平生秘诀今相付，

只向君心可处行②。

【注释】

① 诗题意为我的书房名叫可斋，有人问其含义，我写诗告之。

② 可处：认可之处。

【点评】

陆游是南宋诗坛大家，其诗雄奇奔放，沉郁悲壮。在陆游近万首存诗中，也有一些情思深婉、富含哲理之作，此诗便属于这一类。

首句"得福常廉祸自轻"，说得真好。作者把保持清廉与得福避祸相联系，廉保平安，廉系幸福，廉避灾祸，廉消烦愁，它与个人命运密切相关，充分强调"廉"的重要性。次句是首句的必然结果，由于常葆清廉，心地坦荡，心灵自然无愧又无惊。换言之，常廉是因，无愧无惊是果。那么，保持清廉是权宜之计吗？答案是否定的。清正廉洁是人生的准则，是一辈子要坚持的。

因此,三句"平生秘诀今相付",说得何等严肃,何等庄重。"只向君心可处行",意为做人做事只朝着良心认可之处而行。一个"只"字,千钧之重,表明作者的决心,书室为什么取名为"可斋"呢?"可",即良心认可,认可什么呢?即前面所说的"常廉"。至此,作者将为书室取名的良苦用心和盘托出,并留下余韵无穷。

为书室取名或为子女取名,往往体现一个人的价值取向。作者通过取名,把"常廉"说得如此必要,把良心认可说得如此重要,表明作者本身就是一个注重原则、清正廉洁的人,梁启超赞曰"亘古男儿一放翁",并非溢美。

在当前的反腐败斗争中,我们在剖析一些领导干部堕落的原因时发现,他们不是不懂法,不是不知道自己在干坏事,而完全是昧着良心,在良心扭曲的情况下,肆无忌惮地为非作歹,结果自然是大祸临头。各级领导干部要做到做到廉洁从政、廉洁从业,最基本的一条就是不能昧着良心干坏事。

德兴县叶元恺家题

南宋·朱 熹

葱汤麦饭两相宜，
葱暖丹田麦疗饥①。
莫道儒家风味薄，
隔邻犹有未炊时②。

【作者简介】

朱熹(1130～1200)，南宋哲学家、教育家，字元晦，号晦庵，别称紫阳，徽州婺源(今属江西)人，侨寓建阳(今属福建)。任秘阁修撰等职，主张抗金，并强调军备。博览群书，广注典籍，对经学、史学、文学、乐律以至自然科学均有不同程度的贡献。他集理学之大成，其学派世称"程朱学派"，著作有《四书章句集注》《周易本义》《诗集传》《楚辞集注》等。

【注释】

① 丹田：针灸穴位名。道家称人身脐下三寸为丹田，内藏精气。

② 未炊时：揭不开锅的时候，即断炊的时候。

【点评】

据传，有一次朱熹去看望儒生叶元恺，叶家贫穷，只能以葱汤麦饭款待。叶深感不安,说了些致歉的话。朱熹便写了这首诗宽慰他。全诗浅显明白,虽重说理,却理中见情,堪称佳作。

"葱汤麦饭两相宜","相宜"就是适宜、合适,含有适然之意。"葱暖丹田麦疗饥",此非虚语,葱在医学上确有补气健脾之功效,而麦饭自能充饥。前两句娓娓细谈,用辞得体,言者谆谆,听者自然慰于心。后两句"莫道儒家风味薄,隔邻犹有未炊时",字面依然浅显,明白如话,即不要说书生人家待客的饭菜太俭淡,隔壁邻居还有揭不开锅的呢!一个"薄"字用得很贴切,颇见份量。诗句中尽管含有说教,却措词清婉,情真意切,使人如沐春风,如饮甘露,充分显示了作者体谅朋友窘况之心。

此诗富于情趣,蕴涵哲理,耐人寻味。其意义有三:一要适应物质上的清贫,粗茶淡饭照样怡然自得;二要摒齐心理上的失衡,固守君子情操;三要体验老百姓的疾苦,具有同情关爱的品格。

《论语》中说颜回,"一瓢饮,一箪食,在陋巷,人不堪其忧,回也不改其乐",正可与此诗参读。颜子的乐以忘忧境界和朱子的乐贫守道精神,对今人特别是想干成一番事业的人来说,其砥砺和示范效应十分显著。

题临安邸^①

南宋·林 升

山外青山楼外楼,

西湖歌舞几时休?

暖风熏得游人醉,

直把杭州作汴州^②。

【作者简介】

林升,生卒年不详,字梦屏,南宋平阳(今属浙江)人,大约生活在孝宗朝(1163~1189),是一位擅长诗文的士人。《西湖游览志余》录其诗一首,即著名的《题临安邸》。

【注释】

① 临安:南宋的京城,即今浙江省杭州市。邸:高级官员的住所。在此指旅店、客栈。

② 汴州:北宋的京城,即汴梁,今河南省开封市。

【点评】

这是一首著名的警世绝句,作者将此诗题在临安城一家旅店的墙壁上。为理解诗作的内涵,有必要掌握当时的历史背景。1127 年 4 月,即宋钦宗靖康二年,金兵攻陷汴京,掳走徽、钦二帝,北宋王朝宣告灭亡。是年 5 月,宋高宗赵构在南京即位,后又定都临安,史称"南宋"。宋高宗上台后,继续推行屈辱求和、偏安一隅的国策,不思收复失地,却在临安大肆建造宫殿。各达官富商也过起了灯红酒绿、醉生梦死的奢侈生活。同时,宋高宗还签订向金朝称臣进贡的和约,从而换取偷生苟安的局面。林升这首七绝就是针对时世的愤世讽喻之作。

首句"山外青山楼外楼",勾勒出青山绿水中亭台楼阁鳞次栉比的豪华景象。次句诘问道:"西湖歌舞几时休?"在国难当头之际,西湖边的楼台里的轻歌曼舞,究竟何时能停歇? 如果说首句写了空间上的无限,而次句则写了时间上的无休。三句"暖风熏得游人醉",写得十分传神,暖风即奢靡之风,用"熏"字而不用"吹"字,说明此风不是一时的而是长期的,将西湖游人(即达官贵人)长时期过着纸醉金迷、骄奢淫逸生活的形状揭露得淋漓尽致。末句"直把杭州作汴州",更用辛辣的语气,揭露了那些卖国求荣之徒,正在重蹈覆辙。当年汴州(即北宋首都汴京)之所以陷落,还不是因从皇帝到朝臣毫无忧患意识,一味腐败堕落,从而导致河山易主、国破家亡,而现在怎么又"此间乐,不思蜀"了呢? 一个"直"字,很见笔力,深深的愤慨之情溢于字里行间。

此诗明晓流畅,声调平和,既不作过激的谩骂,又不失幽默的讽刺,妇孺均能解其意,经八百多年而流传不衰,足见其有着不朽的生命力。时至今日,仍具有发人深省的现实意义和深刻的历史意义。

呈蒋薛二友

南宋·赵师秀

中夜清寒入缊袍^①，一杯山茗当香醪^②。
鸟飞竹叶霜初下，人立梅花月正高。
无欲自然心似水，有营何止事如毛^③。
春来拟约消闲伴，重上天台看海涛^④。

【作者简介】

赵师秀(1170～1219)，南宋诗人，字紫芝、灵芝，号灵秀、天乐，永嘉(今属浙江温州)人。绍熙进士，曾任上元县主簿、筠州推官。诗学唐代贾岛、姚合一派，与徐照、徐玑、翁卷并称"永嘉四灵"，有《清苑斋集》一卷，又编有唐诗选本《众妙集》一卷。

【注释】

① 缊袍：以乱麻为絮的袍子，古为贫者所服。
② 山茗：山里出产的茶叶。香醪(láo)：醇香的酒。
③ 营：谋求。
④ 天台：即天台山，位于浙江省东部。

【点评】

此诗是作者写给两位好友的。赵师秀是南宋后期著名诗人，他继承了唐代山水田园诗人的传统，以"江湖派"诗风而自立于南宋诗坛。

诗的首联即引人入胜。夜深霜寒，作者以茶代酒，思忆着两位好友，可惜路途遥远，不能立刻相逢一吐胸中块垒。一个"寒"字，饶有意趣，既表明此时为天寒时节，又自许为清寒之士，亦为下联张目。颔联"鸟飞竹叶霜初下，人立梅花月正高"，对仗工整，用辞精炼，充分显示出清寒之士淡泊悠远的情怀，是传诵一时的名句。颔联可谓诗中有画，如同一幅清幽雅致的诗意图。颈联抒发了作者的感慨，"无欲自然心似水，有营何止事如毛"，即人无欲望自然心如止水，谋求钻营则烦恼不止，说理十分透彻，体现了作者知足无求的人生观。尾联是作者与朋友预约，准备在春天结伴上天台山观海望日。此诗写得自然流畅，清新淡雅，后人评价作者写诗以精苦为工，野逸清瘦，纵观全诗，这些特征十分明显。

"无欲自然心似水，有营何止事如毛"，此诗颈联蕴含着深刻的哲理。它表明：要做一个高尚的人，纯粹的人，清廉的人，就要淡泊名利，摆脱功名利禄的困扰和诱惑，切不能贪欲膨胀，投机钻营；否则，必定心躁脑烦，难以安宁。清代学者陈伯崖曾撰有一联"事能知足心常惬，人到无求品自高"，与此诗的颈联有异曲同工之妙，显然，陈联从赵诗中化出，由此足见此诗对后世的深远影响。

会长沙十二县宰作①

南宋·真德秀

从来守令与斯民②，都是同胞一体亲。

岂有脂膏供尔禄③，不思痛痒切吾身④。

此邦只以唐时古⑤，我辈当如汉吏循⑥。

今日湘潭一卮酒⑦，直须⑧散作满怀春。

【作者简介】

真德秀（1178～1235），南宋大臣、学者，字景元，后改希元，世称西山先生，建宁浦城（今属福建）人。庆元进士，历任泉、福、潭等州知州、翰林学士、参知政事等职。庆元党禁驰，"程朱理学"得以复盛，多赖其力，有《真文忠公集》。

【注释】

① 县宰：县令。

② 守令：泛指地方官吏。斯民：这里的老百姓。

③ 脂膏：比喻人民的血汗和劳动果实。

④ 痛痒：比喻民生疾苦。

⑤ 唐：传说中的朝代名，尧所建。

⑥ 汉吏循：汉代的循吏，古代称遵理守法的官吏为循吏。

⑦ 卮（zhī）：古代盛酒的器皿。

⑧ 直须：正宜，正好。

【点评】

南宋名臣真德秀为政清廉，深受百姓爱戴。其任湖南安抚使知潭州时，以"律己以廉，抚民以仁，存心以公，莅事以勤"勉励僚属。其"廉、仁、公、勤"的理念也反映在这首七律诗中。

诗题"会长沙十二县宰作"，即作者在潭州知州任内召见十二位县令时所作的一首诗，诗中说了一些告诫之语，犹如现在上级领导对刚履职的下级属员所进行的廉政谈话。首联直言爱民、恤民的民本思想，他要求县令象对待兄弟姐妹那样，关心百姓。"从来"、"都是"，用语相当朴实自然，蕴含的则是十分进步的执政理念。南宋末期，阶级矛盾、民族矛盾异常尖锐，要做到官民一体并非易事。颔联"岂有脂膏供尔禄，不思痛痒切吾身"说得十分透彻，通俗说来，就是老百姓养活了你，你怎能不关心老百姓的疾苦和切身利益呢？脂膏指油脂，比喻人民用血汗换来的财富。五代时后蜀孟昶《戒石文》："尔俸尔禄，民膏民脂。"颈联"此邦只以唐时古，我辈当如汉吏循"，意为治理州县应当仿效远古时期的唐尧，应当如汉代循吏那样秉公执法。这是作者进一步对僚属提出具体要求，"只以"、"当如"说得何等坚决，丝毫没有讨价还价的余地。尾联则委婉亲切，意指今日我向你们敬一杯酒，权作一阵春风吹入你们的胸怀吧。此诗以"民为上"立意，以"官亲民"要求，以"做循吏"作结，真是忠厚长者之怀，诲人不倦之语。

此诗至今已有七百多年了，而诗中所宣扬的理念并没有过时。先进的理念具有强盛的生命力，既能映照当时，又能影响后世。

题水府庙①

南宋·蔡志学

平生事可对人说②，
囊无一分关节钱③。
寄语江神明著眼④，
好分风力送归船。

【作者简介】

蔡志学，生卒年不详，南宋新昌（今属浙江）人。淳祐进士，历任兴国（今属江西）主薄、武昌节度掌书记、泰和（今属江西）、高邮（今属江苏）县令等职。

【注释】

① 水府庙：古代人们祭祀水神（水龙王）的场所。
② 平生：终身；一生。
③ 关节：指旧时暗中行贿勾通官吏的事，称为通关节。
④ 寄语：传话，捎信儿。明著眼：睁着眼看明白。

【点评】

蔡志学曾任泰和县县令，他离任时，在赣江边的水府庙题了这首诗以表心迹。水府庙是古代人们祭祀水神（水龙王）的场所，古人信奉神道有灵，赏善惩恶，题诗其上，须有足够的勇气和底气。

作者先以精警之语入诗，"平生事可对人说，囊无一分关节钱"，意为此生光明磊落，没有收受过一分行贿徇私的钱。此语直接坦率，也只有清清白白做人、老老实实做事的人才敢这样说、配这样说。《赣州府志》称作者"清操不挠，剖断如流"，断非虚言。走笔至此，情致骤转，"寄语江神明著眼，好分风力送归船"，即传话给水神，请您明鉴，请好好地给予东风以送归船吧。三、四句是作者的祈祷之语，其中含有作者希望自己旅途（或仕途）顺利之心，同时，也反映了作者对廉洁人格的自信和自勉。全诗自然流畅，明白如话，意境则壮阔深婉，诗味在字句之外。

言有尽而意无穷。此诗尤其是第一、二句历来为人传诵不已，后来逐渐衍为名联："书有未曾经我读；事无不可对人言"，成为了当今共产党人勤奋学习、加强道德修养的警策之句，足见一首好诗蕴含着无与伦比的精神力量。

过零丁洋①

南宋·文天祥

辛苦遭逢起一经②,干戈寥落四周星③。

山河破碎风飘絮,身世浮沉雨打萍。

惶恐滩头说惶恐④,零丁洋里叹零丁⑤。

人生自古谁无死,留取丹心照汗青⑥。

【作者简介】

文天祥(1236～1283),南宋名臣,政治家、文学家,字履善,号文山,吉州庐陵(今江西吉安)人。理宗宝祐四年(1256)进士第一,后历任刑部郎官、知瑞赣等州,1276年任右丞相。临安失守后,坚持抗元斗争,兵败被俘。在狱中作《正气歌》以明志,拒绝元朝的威逼利诱,后慷慨就义,有《文山先生全集》。

【注释】

① 零丁洋:在广东珠江口之厓山外,现称伶仃洋。

② 遭逢:遇合。起一经:应科举考试中明经第一,即以明经入仕。

③ 干戈:指战争。寥落:寂寥冷清。四周星:四周年。

④ 惶恐滩:滩在今江西省万安县境内的赣江中。南宋景炎二年,作者兵败经过此滩。

⑤ 叹零丁:感叹处境孤独。作者被俘后,囚禁在零丁洋的

战船中。

⑥ 汗青：史册。把竹简烤出水分（汗）后再书写，故称汗青。

【点评】

　　文天祥是南宋杰出的民族英雄。为全面理解此诗的深刻内涵，有必要先介绍作者的生平事迹。

　　文天祥从小就爱读历史上忠臣烈士的传记，对山河破碎、外族入侵的时局忧心如焚，立志报效祖国。二十岁进士第一，二十四岁入京为官。在朝堂上，他与祸国殃民的宦官贾似道、董宋臣之流作坚决斗争。三十七岁遭奸佞所逼被迫免官。元兵东下，他毁家纾难，在家乡招募三万人马入卫临安。四十岁受命于危难之际，担任南宋右丞相。出师敌营，不屈被拘。脱逃后历经艰险，继续率众抗元，收复州县多处。不久败退，在广东五坡岭被元军俘虏。因坚拒诱降，被押往大都（今北京），监禁三年后誓死不降，即使元世祖亲自劝说并许愿其担任元朝丞相或枢密使，均被他斩钉截铁地拒绝。1283 年 1 月，四十七岁的文天祥在大都柴市口英勇就义。死后数日，其妻欧阳氏收其尸，衣带中有赞曰："孔曰成仁，孟曰取义，惟其义尽，所以仁至。读圣贤书，所学何事？而今而后，庶几无愧！"其人义薄云天，其事可歌可泣，其诗慷慨悲壮，皆足垂千古。

　　《过零丁洋》就是一曲千古不朽的爱国主义壮歌。作者兵败被俘，元军大将张弘范逼迫文天祥写信劝降正在抵抗的宋将张世杰，于是，文天祥挥笔写下此诗。首联追述自己明经入仕和率众抗元的人生历程。颔联抒写山河破碎和身世浮沉的现状。颈联表明个人的险恶处境和孤独心境。"惶恐滩"、"零丁洋"一语双关，比喻贴切，巧绝之至。尾联以舍生取义的豪情表达自己的崇高信念。泣血壮音,感天动地,此亦为全诗主旨之所在,堪称诗史上的一篇绝唱。

此诗尤其是尾联具有强烈且深远的砥砺作用。爱国主义是永恒的主旋律,是永远飘扬的旗帜。一个有着爱国主义情怀的人,必定是一个有着廉洁奉公品质的人。因为,当把祖国和人民时刻放在心上,怎会干贪污贿赂的勾当?当为了祖国连身家性命于不顾,又怎会被金钱美色所迷惑?当践行忧国、爱国、报国之日,必然是营造廉洁、廉明、廉正风气之时。

《宣和遗事》引子诗^①

南宋·无名氏

暂时罢鼓膝间琴，闲把遗编阅古今。

常叹贤君务勤俭，深悲庸主事荒淫。

致平端自亲贤哲^②，稔乱无非近佞臣^③。

说破兴亡多少事，高山流水有知音^④。

【注释】

①《宣和遗事》：一作《大宋宣和遗事》。讲史话本，宋代无名氏作，元人或有增益。宣和是宋徽宗的最后一个年号，该书由叙述历代帝王荒淫误国开始，一直写到宋高宗定都临安为止，加插了宋代奸臣把持朝政致使生灵涂炭的故事。引子诗：话本中引起正文的诗。

② 致平：达到太平。贤哲：有道德、有才能见识的人。

③ 稔(rěn)：年。佞(nìng)臣：善于花言巧语、拍马奉承的奸臣。

④ 高山流水：《列子·汤问》记载，春秋时伯牙善弹琴，钟子期善听琴。一次伯牙弹琴时，琴声时若高山，时若流水，只有钟子期能领会其中的含意。后来就用"高山流水"比喻知音或知己。

【点评】

《宣和遗事》一书出自宋、元间，作者不详。引子诗即话本开头的开场诗，在全文中起提纲挈领的作用。

首联为写此书作个交代，即"遗编阅古今"，通过叙述历史故事，以古鉴今。暂时停止敲鼓弹琴，以便集中精力来写作，"膝间琴"指为了外出携带方便，盘腿而坐放在膝盖上弹奏的特制古琴。颔联既深刻又尖锐，对历史上的勤俭贤君和荒淫庸主予以褒贬，将作者的万分感慨和满怀愁绪凝聚笔端，显示了古今之叹和家国之悲。确实，历史上这方面的事例不胜枚举。如果说颔联直指君主，那么，颈联便是针对人臣而言，"亲贤哲"带来天下太平，"近佞臣"导致社稷倾覆，此联用了"端自"、"无非"强调了事物发展的内在必然性，具有不容置疑的力度。此联与诸葛亮《前出师表》所云："亲贤臣，远小人，此先汉所以兴隆也；亲小人，远贤臣，此后汉所以倾颓也"异曲同工，会心不远。历史上这方面的事例亦是不胜枚举。尾联具有总结性，把历代王朝的兴衰存亡的原因点破，相信会有知音的存在。

此诗作为《宣和遗事》的引子诗，有着画龙点睛之妙。诗中认为历代王朝兴盛的原因在于贤君勤俭、亲贤哲，衰亡的教训在于庸主荒淫、近佞臣，这种观点有着警示和借鉴意义，具有时代进步性。

执政党的党风问题关系到党的兴衰存亡，作者谆谆告诫，语重心长。千古兴亡的旧事，策励我们应时刻保持忧患意识和责任意识。

油污衣

南宋·无名氏

一点清油污白衣，
斑斑驳驳使人疑[1]。
纵饶洗遍千江水[2]，
争似当初不污时[3]。

【注释】

① 斑斑驳驳：即斑驳，在一种颜色中杂有别种颜色。

② 纵饶：纵然、即使。

③ 争似：怎似，怎么能像。

【点评】

南宋时，在浙江衢县白沙渡酒馆的墙壁上，曾题有这首诗。诗人虽然没有留名，此诗却流传至今。

此诗以清油起兴，以日常生活中的常见现象切入，"一点清油污白衣"，一点点清油污染了白色的衣服，历来是"皎皎者易污"，由此的后果是"斑斑驳驳使人疑"。"斑斑驳驳"指一种颜色中杂混别种颜色，形容斑点很多，因而使人们猜疑不已，这白色衣服上的花花点点究竟是怎么造成的呢？尽力洗涤，想让它洁净如初，然而，诚如三、四句所言，"纵饶洗遍千江水，争似当初不污时"。"纵饶"就是纵然、即使，"争似"就是怎似，此两句意为即使洗遍了千江之水，又怎么能像当初未受污染之时呢。此诗通篇口语，明白晓畅，却耐人寻味。皎白的衣服上不慎沾染了油污，就如人们一不小心犯了错误，衣服洗了仍会留下斑点，人即使改正了错误（尤其是涉及腐败方面的），其原先清正廉洁的形象不仅大打折扣，甚至会毁于一旦。俗话说：一失足成千古恨，再回头是百年身。做人做事，怎能不小心谨慎！

此诗告诫人们要坚守个人的道德底线，不能失职，更不能失节。对于为官从政者来说，尤要管好自己的手，拴好自己的心，用好自己的权，尽好自己的责，以实际行动树立起清正廉洁的形象。

第三辑　元(金)代

薛明府去思口号七首① （选一）

金·元好问

能吏寻常见②，
公廉第一难③。
只从明府到，
人信有清官。

【作者简介】

元好问（1190～1257），金文学家，字裕之，号遗山，秀容（今山西忻州）人。兴定进士，曾任行尚书省左司员外郎等职，金亡不仕。工诗文，在金、元之际颇负重望，诗词风格沉郁，并多伤时感事之作。

【注释】

① 薛明府：薛去思，唐代登封县令，为官清廉。明府：汉代对郡守的尊称，唐代以后多专用以称县令。口号：当场口占，表示随口吟成。

② 能吏：有才能的官吏。

③ 公廉：公正廉明。

【点评】

诗，向来以质量取胜，人们不能凭字数多少来评价一首诗的优劣。这首五言绝句短短二十字,却意味深长,艺术上亦颇见特色,显示出元好问崇尚天然、反对雕琢的诗风。

"能吏寻常见,公廉第一难",此诗开头一二句即涉及为官的道德情操,直述具有才能的官员十分常见,但要做个公正廉明的官员极其困难。这里运用了反衬手法,以"寻常见"反衬"第一难",从而揭示了清官和贪官的区别,道出了德才兼备的重要性。语言简约,见解精辟,引人深思。"只从明府到,人信有清官",后两句对薛明府作了最高层次的赞扬。为什么这样说呢?这里有两层含义,第一层,前面已经说明做个公正廉明的官员难上加难,而薛明府恰恰做到了;第二层,由于薛明府的楷模典范作用,改变了人们的传统看法,使老百姓从此相信清官的存在。对薛明府的称颂,反映了作者对力行公廉的清官们的推崇和褒扬。至于薛明府具体的公廉事迹,读者完全可以展开想象。此处,实有"不著一字,尽得风流"之妙。

此诗留下绵绵哲思。在古代官场,"能吏寻常见"可以理解,但为什么"公廉第一难"呢?窃以为原因有三:其一,为官要坚持或固守公正廉明,得不到制度和体制上的保障,徇情枉法、贪污贿赂已成习惯和"常态";其二,众多贪官污吏横行官场,极少数的清官根本无立足之处;其三,官员即使想公正廉明,却往往官职难保,这一情形使之望而生畏,难以坚守廉洁廉正。故而在当时,贪官污吏比比皆是,而清官廉吏却寥若晨星。因此,"公廉第一难"有其时代背景。

当今,廉洁从政已成为为官从政者的基本要求,成为从严治吏的重要基础。明代留有《官箴》曰:"吏不畏吾严而畏吾廉,民不服吾能而服吾公。公则民不敢慢,廉则吏不敢欺。公生明,廉生威。"彼《官箴》可与此诗互读,以增进理解,鉴古而知今。

西湖梅

元·冯子振

苏老堤边玉一林①，
六桥风月是知音②。
任他桃李争欢赏③，
不为繁华易素心④。

【作者简介】

冯子振（约 1257～约 1314），元散曲家，字海粟，号怪怪道人，攸州（今湖南攸县）人。曾任承事郎、集贤待制。所作散曲，多写个人闲适生活，并善行草书。

【注释】

① 苏老堤：即苏堤，在浙江省杭州市西湖中。北宋元祐年间，苏轼知杭州时，疏浚西湖，堆泥筑堤，故名。堤长 2.8 公里，其间架有桥六座。

② 风月：清风明月，指美好景色。

③ 任：听凭。

④ 素心：朴素纯洁的心灵。

【点评】

这是一首咏梅的七绝。"苏老堤边玉一林"，出句不凡。在特定的环境苏堤,歌颂特定的对象梅花,说明作者所咏之物别有寄寓。以玉比喻梅花,是取玉晶莹剔透、与冰清玉洁的梅花精神相通之义。不难想象,其时,在西湖苏堤边的梅花正傲然开放,仙株成林,香雪成海,何等壮观!次句"六桥风月是知音",苏堤上有六座桥,从南到北为映波桥、锁澜桥、望山桥、压堤桥、东浦桥、跨虹桥。将西湖六桥清风明月的美景说成是梅花的知音,又是何等雅致、何等情思。其实,堤边梅花本身就是一景,与西湖景色相得益彰,既是知音,又胜过知音。第三句将争艳邀赏的桃李放在被嘲讽的位置,表露了作者的爱憎。一个"任"字,表明了不屑。同时,将梅花的雅与桃李的俗相比较,更突出了梅花的风采。末句在前句的铺垫下呼之而出:"不为繁华易素心",完全以梅喻人,以诗醒世,将作者不受尘世污染的坚决态度表达得淋漓尽致。一个"易"字份量极重,既表不移之志,又明不渝之心。末句中的"为"字读仄声,吟诵时应当留意。

梅花向以虬劲之姿、晶莹之色、清香之气自立于世,历来受到人们推崇和喜爱。早于冯子振的北宋诗人林逋隐居西湖,以"梅妻鹤子"著称,以咏梅名篇传世。古往今来,咏梅诗词何止万千,而冯子振的这首"西湖梅"别具一格,在众多的咏梅诗词中占有一席之地,关键在于作者通过咏梅倾道出了"不为繁华易素心"的高洁志向,既喻当时,又警后世,可谓立意深远。

素　梅

元·王　冕

冰雪林中著此身①，
不同桃李混芳尘②。
忽然一夜清香发，
散作乾坤万里春。

【作者简介】

王冕(1287～1359)，元代画家、诗人，字元章，号梅花屋主，诸暨(今属浙江)人。从小好学，多才多艺，却屡试进士不第，荐举选官，固辞不就，归隐山中，被人誉为"高士"。生平最擅长绘画，尤工画梅，创"没骨体"，诗、画、篆刻均负盛名，传世作品有《墨梅》《南枝春早》等图。其诗作语言质朴，不拘常格，有《竹斋集》。

【注释】

① 著：同"着"，即着的本字。
② 芳尘：美好的风姿。

【点评】

王冕是元末著名画家、诗人，其喜爱梅花且工于画梅，每画必题诗其上，其画梅诗有百余首。此首《素梅》绝句体现了作者不随流俗的高尚品格,向为人们所传诵。

首句便是雅手遣辞,"冰雪林中著此身",指梅花在冰天雪地的树林中安身立命,换言之,如此冰清玉洁的环境只配梅花享有,何等气魄,何等风流!次句"不同桃李混芳尘",言梅花高洁超逸的情操岂是桃李之流能相提并论的?作者在此将梅花的雅与桃李的俗截然分开,以示洁身自好。在古代诗人的笔下,桃李常作为轻佻庸俗的反面形象出现,此诗亦是如此。此诗一、二句极状梅花引人入胜的风韵和一尘不染的品质。三、四句则峰回路转,别开生面,"忽然一夜清香发,散作乾坤万里春",指经过孕育和历练,在风雪漫天的寒夜,梅花忽然昂首怒放,散发的暗香浮动在天地间,成为唤春、报春、迎春的号角。"忽然"一词极为灵动,使不尽之情致见于言外,作者的赞美之意渗透在诗行间。

梅花的故乡在中国。历代文人墨客无不为梅花的冰霜之姿、芬芳之气、晶莹之色所倾倒,在梅花身上寄托着高怀远致。王冕在另一首《墨梅》诗中写道:"我家洗砚池边树,朵朵花开淡墨痕。不要人夸颜色好,只留清气满乾坤。"两首咏梅诗格调相类,诗意相近,完全可以互读互味,从中窥见作者赏梅、爱梅、敬梅、效梅之一斑。

冰雪严寒既压不垮梅花的色,更封不住梅花的香。在群芳摇落之际,惟独梅花凌寒开放,显示其倔强的风骨和高洁的品性。古语云:宝剑锋从磨砺出,梅花香自苦寒来。当前,我们要砥砺清正廉洁之志,就是要学习和仿效梅花,经得住风雪冰霜的考验,自觉抵制低级趣味的侵蚀,以共产党人的崇高风骨自立于世,感召于民。

墨　梅①

元·王　冕

我家洗砚池边树②，
朵朵花开淡墨痕。
不要人夸颜色好，
只留清气满乾坤③。

【注释】

① 墨梅：水墨画的梅花。

② 我家：为作者自指，亦泛指与作者同姓的人家。

③ 乾坤：天地，宇宙。

【点评】

这是一首题画诗。王冕作《墨梅图》（现藏北京故宫博物院），以淡墨涂花瓣，以浓墨点花蕊，别开生面，并在画幅左上方自题此绝句。

诗的一、二句写墨梅之形，采用了将画梅当作真梅来写的手法，还暗用了晋代王羲之的典故。传说浙江会稽有王羲之洗砚池，王羲之每天练字，在池中洗笔砚，池水尽黑。作者也姓王，故称"我家"。因为是洗砚池边的梅树，吸收墨水滋养，所以花朵是淡黑色的，这是作者的巧思奇语。

诗的三、四句写墨梅之神。作者代墨梅立言：不要别人来夸奖我的色彩美好,只求我的清香之气能流播开去,充溢在宇宙之间。这是托物言志,借所画墨梅来表达自己不趋时媚俗、不随波逐流的品格和操守。王冕晚年虽很清贫,但不轻易为富人作画,不踏权贵之门,此画此诗正是他高洁坚贞品质的写照。宋代陈与义《墨梅》诗有"意足不求颜色似"之句,对本诗的写作也许有所启发。

王冕的诗质朴自然,善用比兴手法,具有一定的艺术成就。本诗通俗易懂,又直中有曲,代梅立言,托物抒怀,意味深长。这首题画诗,作者后来作了认真修改,可见其用心程度。在此选择的是其修改过的文本。

据说王冕死前不久曾任朱元璋谘议参军,不知是否属实。可以肯定的是,王冕一生绝大多数时间为布衣。这首《墨梅》诗虽然并不是专门倡导为官者廉洁自律的诗,但其生发的启迪则是多方面的,我们完全可以有所借鉴:今天的各级领导干部,不要追求浮名虚誉,亦不要作表面文章,而应坚持清正廉洁的本色和艰苦朴素的作风,谦虚谨慎,扎实工作,以自己高尚的人格品行影响周围同志,营造和谐氛围,引领社会风气。

戏　作

元·吕思诚

典却春衫办早厨①,老妻何必更踌躇②。

瓶中有醋堪烧菜,囊里无钱莫买鱼。

不敢妄为些小事③,只因曾读数行书。

严霜烈日皆经过,次第春风到草庐④。

【作者简介】

吕思诚(1292～1357),字仲实,号介轩,元平定州(今属山西平定)人。泰定进士,历任河北景县尹、翰林院编修、监察御史、廉访司事、中书修政知事、中书左丞等职,病逝后谥号忠肃。

【注释】

① 典却:典即抵押、典押,典却即抵押掉。

② 踌躇:犹豫。

③ 些小:一点儿

④ 次第:接着、转眼、一个挨一个地。

【点评】

这是一首七律。作者吕思诚未成名时,家境贫困,时常断炊。一天,早餐又无米下锅,吕想拿春衫作抵押换取点钱买米,其妻有点不舍,吕便写下了这首诗,诗题"戏作",即游戏之作。

"典却春衫办早厨,老妻何必更踌躇?"首联点明事由和时序,一个"春"字,既可以是青黄不接之春,也可能是乍暖还寒之春。老妻之"老"是谦词,不一定是实指。典押春衫是为了解决吃早饭的困难,足见其穷困潦倒、饥寒交迫的境况。而吕思诚并不由此消极,颔联"瓶中有醋堪烧菜,囊里无钱莫买鱼",说得真好,可爱至极,既没有钱就不买鱼吃,有些醋烧烧菜便行了,完全是心甘情愿地过粗茶淡饭的清苦生活。不仅如此,作者还由此及彼地抒发了"穷且愈坚,不坠青云之志"的志向,颈联"不敢妄为些小事,只因曾读数行书",说得十分明白,即自己是读书人,不敢也不会胡作非为,哪怕只是干一点点坏事。尾联"严霜烈日皆经过,次第春风到草庐",带有总结和预见的意味,即更大的困难都经历了,眼前的难处算得了什么,转眼间阳光和春风都降临到陋室来了。此诗富有幽默感和人情味,作者的豁达大度和坚持操守,亲切自然。

　　此诗表面上是"戏作",实质上蕴含深意:面临极其艰苦的困难生活,既要乐以忘忧,又要随遇而安;既要过得惯清贫,又要耐得住寂寞;既要坚守道德底线,又要看到光明前景,淡泊而明志,宁静而致远。古贤如此,今人也应如此!

寄　内①

元·吕思诚

自从马上苦思卿②，一个穷家两手擎③。
少米无柴休懊恼，大男小女好看成④。
恩深夫妇情何极，道合君臣义更明⑤。
早晚太平遂归计⑥，连杯共饮话离情。

【注释】

① 寄内：寄给妻子。内即内人，是对自己妻子的谦称。

② 卿：古时夫妻、朋友之间表示亲密的称呼。

③ 擎：举，向上托。

④ 看成：照看、照料。

⑤ 合：符合。义：道义，即道德和正义。

⑥ 遂归计：实现自己回家的心愿。

【点评】

这是吕思诚写给妻子的一首七律诗。如果说上篇《戏作》反映出吕思诚未成名时的家庭窘况，那么，由此诗可以看出，吕做官后，他的家庭依然十分清贫。这种为官守贫的做法并不容易，足见其是一位可敬的清官。

首联"自从马上苦思卿，一个穷家两手擎。""卿"指古时夫妻之间表示亲爱的称呼。此联意为自从我外出宦游就苦苦地思念着妻子，这个穷家全靠她辛苦操持了。何等情真意切。颔联"少米无柴休懊恼，大男小女好看成。""少米无柴"与上联的"穷家"相呼应，妻子过着苦日子却并不懊恼，一心一意养育好儿女们。颈联"恩深夫妇情何极，道合君臣义更明"，意为恩爱夫妻感情极其深厚，为官符合君臣关系在道义上更为清明。此联把家庭利益置于国家利益之下，表明作者公而忘私的胸怀和境界。尾联是抚慰妻子的话，使妻子有个盼头，同时也是作者内心的企望。

此诗全用口语，把作者对妻子的思念、感激、赞美、抚慰之情倾诉而出，说者恳切，听者动容。但核心还是定格在固守清正廉洁的为官之道。从诗里还能联想到，作者之妻必定是位深明大义、勤劳贤惠的女子，她与夫君一起，保持清廉的名声，起到助廉的作用，验证了"妻廉夫不贪"的谚语。

自掩柴扉咬菜根

元·吕思诚

世态炎凉总莫论①,雀罗曾设翟公门②。
惭无金玉疏亲友③,喜有诗书教子孙。
桃李竞华开又落④,松篁含雪劲犹存⑤。
任他势力多更变,自掩柴扉咬菜根⑥。

【注释】

① 世态炎凉:世态:社会上对人的态度。炎:热烈。凉:冷淡。指在别人有钱有势时就巴结,别人无钱无势时就冷淡的现象。总莫论:全然不必理会。

② 雀罗:即门可罗雀。形容门庭冷落,宾客稀少。

③ 疏:疏散,分给。

④ 竞华:争芳斗艳。

⑤ 篁(huáng):竹林。泛指竹子。

⑥ 柴扉:柴门,指贫寒的家园。咬菜根:比喻安心过艰苦的生活。

【点评】

面对无米下炊或少米缺柴的艰苦生活,吕思诚恪尽操守,始终抱着乐观豁达的态度。而面对世态炎凉,吕思诚又持什么态度呢? 此诗作了明确回答。

首联以成语和典故入诗,开头就气势强劲,"世态炎凉总莫论,雀罗曾设翟公门"。"世态炎凉"指社会上一些人反覆无常,有钱有势就亲近巴结,无钱无势就疏远冷淡。唐代白居易诗云:"彼如君子心,秉操贯冰雪;此如小人面,变态随炎凉。""雀罗"即门可罗雀,形容门庭冷落,宾客稀少。据《史记·汲郑列传》载:翟公,西汉时人。初为廷尉,宾客盈门,被贬后,门庭冷落,后复职,宾客又欲前往。首联意为世态炎凉全然不必理会,因为这是司空见惯的世态,翟公门前也曾遭遇门可罗雀的境况。颔联转为委婉,"惭无金玉疏亲友,喜有诗书教子孙",意为惭愧的是没有金玉分给亲戚朋友们,感到高兴的是家有诗书可以教育子孙。一"无"一"有"表明作者重精神财富而轻物质财富,其所惭的,既是自嘲,亦是自许。如果说颔联以"金玉"和"诗书"相比较,那么在颈联中,作者又以"桃李"和"松篁"相比较,意为桃李争艳斗丽总免不了凋谢败落的命运,惟有松竹傲霜斗雪劲健长存。此联中作者的倾向十分强烈,他要仿效耐得住岁寒的松竹,同时又十分鄙视妖艳一时的桃李。尾联"任他势利多更变,自掩柴扉咬菜根","咬菜根"比喻安心过清贫的生活。尾联意为任凭社会多么势利,我固守清贫的家园,安心过清贫的生活。古人曰:"人常咬得菜根,则百事可做",说的也是这个意思。《元史·吕思诚传》载:"思诚气宇凝定,素以劲拔闻,不为势力所屈。"这一评价与此诗的精神是相一致的。

　　此诗气势宏大,意境深远。诗中有实有虚,夹叙夹议,极富韵致且饶有回味。此诗表明了作者高尚的人生观和荣辱观,表露了作者坚定不移的廉洁价值取向。时至今日,诗题仍是令人击节赞叹的名句,其教育意义古今相通。

题画竹为董文中赋①

元·吉雅漠丁

雨过蛟龙起，
风生翡翠寒。
但存清白在②，
日日是平安③。

【作者简介】

吉雅漠丁，生卒年不详，元诗人，字元德，至正进士，曾任浙东佥都元帅事。

【注释】

① 董文中：作者的好友，吉雅漠丁为其画竹题诗。

② 清白：竹子外青内白，故云。比喻清正纯洁。

③ 平安：平稳安全。据《酉阳杂俎》载：北都惟童子寺有竹一窠，才长数尺，其寺主管寺院事务的和尚纲维，每日报竹平安。后来用竹报平安来指平安家信。

【点评】

作者这首五绝题画诗，篇幅虽短，却内涵深长。

此诗以风雨中的竹子起兴，"雨过蛟龙起，风生翡翠寒"，神话传说中的蛟龙能呼风唤雨，在风雨中愈显矫健；翡翠为玉中之精品，经风雨涤荡更加青翠可人。以蛟龙和翡翠来形容经过风雨洗礼的竹子，十分贴切。抱虚心、持高节的竹子在作者心目中是多么崇高，何等爱戴！但作者并没有停留在仅仅赞美竹子的层面上，此诗的高明之处在于，前面两句的浓墨重彩仅为先声，是为后面哲理的树立而造势的。这犹如京剧中，一阵急似一阵的锣鼓声后，一位重要人物要登场了。请看三四句，"但存清白在，日日是平安"。"清白"两字下得警策，一语双关，既写了竹子本身的外青内白，更比喻了人的品行的清正纯洁。同时，作者巧妙地运用了竹报平安的典故，将"清白"与"平安"有机联系一体，从而揭示了清正廉洁保人生平安的哲理。

此诗前两句写景，后两句抒情，情景交融，寓意深刻；此诗篇幅虽小，却以小见大，磅礴大气。以竹为比喻，巧用双关语，将高深的哲理自然而然地抒发，无陈腐气，无刀斧痕，显示出作者妙用词句、驾驭典故的高超水平。

此外，作者的交友之道值得推崇。作者并没有一味赞扬友人的竹画，而以竹之清白与好友共勉，其立意之新、心灵之美、境界之高，值得后人仿效。

年　节①

元·无名氏

残年节礼送纷纷②，
尽是豪门与富门③。
惟有老僧阶下雪，
始终不见草鞋痕④。

【注释】

① 年节：指农历年及其前后的几天。

② 残年：一年将尽的时候。节礼：过年时的礼物。

③ 豪门：指有钱有势的家庭。富门：拥有大量财产的家庭。

④ 草鞋痕：即草鞋钱，旧时公差衙役向案犯或当事人勒索的钱财。在此借指送礼的钱财。

【点评】

这首诗的作者是无名氏，但从内容推测，作者是一位僧人，或者是借僧人之口而作。此诗为七绝，语言通畅清新，作者应是一位较有文化素养的人。

诗题为年节，指农历年及其前后的几天。首句"残年节礼送纷纷"，说的十分形象，意指一年将尽之际，前来送礼的人们很多。"纷纷"二字下得好，既表示接二连三，又表示多而杂乱。紧接着作者道出了受礼者"尽是豪门与富门"，原来都是向有钱有势的权贵人家送礼啊,根本没有平民百姓的份。为什么要向豪门、富门送礼,不着笔墨,给读者留出了想象的空间。三、四句略带几分自嘲的意味,"惟有老僧阶下雪,始终不见草鞋痕",惟独我门可罗雀,始终也不会有人来送钱物。"老僧"是自谓。"草鞋痕"即草鞋钱,旧时公差衙役向案犯或当事人勒索的钱财,俗称"草鞋钱"。在此借指没有人来送节礼。那么,老僧是否盼望有人来送节礼呢?不得而知,同样充分留出了想象的空间,让读者去仔细回味。

此诗通过描写过年时人们纷纷给权贵人家送礼的场景,揭露了元代社会的腐朽风气。写得较为通俗,针贬时弊却颇见功力。以古鉴今,每逢过年过节,送礼之风尤盛,手法各异,名目繁多,鱼龙混杂,良莠难辨,确实值得官员们警惕。

第四辑　明　代

题礼盒

明·吴 讷

萧萧行李向东还^①，

要过前途最险滩。

若有赃私并土物^②，

任教沉在碧波间^③。

【作者简介】

吴讷，生卒年不详，字敏德，号思庵，明代常熟（今属江苏）人。曾任监察御史、南京左副都御史，编有《唐宋名贤百家词》。

【注释】

① 萧萧行李：行李稀少。

② 赃私：受贿的财物。土物，土特产品。

③ 任教：听任，听凭。教字读平声（jiāo）。

【点评】

明代永乐年间，吴讷在监察御史任上，奉命巡按贵州。半月后吴讷返京，途中有人追送黄金百两，吴原封不动地退回，并在装黄金的礼盒上题了这首诗。吴讷在诗中是怎么说的呢？且看全诗。

首句"萧萧行李向东还"，意为携带稀少的行李向东还朝复命,轻车简从、低调行事。二句"要过前途最险滩"是双关语。"前途"既指旅程也指仕途。既是实指——指从贵州返京路途遥远,需跋涉千山万水,又是虚指——即比喻自己将会遇到严峻的考验。监察御史品秩虽低但权限很广,隋唐时,掌"分察百僚,巡按郡县,纠视刑狱,肃整朝仪",明清时,掌"弹劾及建言"。吴讷肩负重任,出差路上是廉洁自律还是贪婪失节,确实要经历一翻检验。作者深知仕途中比江河中的"险滩"更为险恶,很容易人仰马翻、身败名裂。因此,作者在三、四句中发出铮铮誓言,"若有赃私并土物,任教沉在碧波间",意为如果本人存有受贿的财物或者接受他人的土特产,就听凭上苍的惩罚,让我葬身水中。说得斩钉截铁,拒贿和拒礼的态度极其坚决,没有丝毫回旋的余地,显示了吴讷清正廉洁的官德和人品。

这首七绝通俗易懂,在布局谋篇上则颇具特点。其诗通篇并没有谴责行贿或送礼人,只是从自身谈起,表明自己的态度,从而起到了既约束自我又警示他人的效果。

此诗引申出一个严肃的课题:即谁来监督监督者? 如果说,当年作为监察御史的吴讷靠自律来保持廉洁,那么,当今从事执纪执法工作的同志,又如何来确保廉洁奉公? 靠自律,靠他律,还是两者有机结合呢? 这需要在实践中不断探索、不断创新,方能作出准确回答。

饯　别（四首选其四）

明·况　钟

父老牵衣话别间，
空烦扶杖出重关。
相逢知是何年事？
珍重无忘稼穑艰^①。

【作者简介】

况钟（1383～1442），字伯律，明江西靖安人。出身小吏，永乐时历任礼部主事、郎中。宣德五年出任苏州知府，任内严惩贪吏，奏请减免江南重赋，创"纲运薄"，设置"济农仓"，连任苏州知府十三年，卒于任上。

【注释】

① 稼穑（sè）：泛指农业劳动。

【点评】

翻开况钟的生平，我们就能发现他是一位名副其实的清官廉吏。早年在家乡当书吏，明成祖永乐十三年（1415）任礼部仪制司主事，明宣宗宣德五年（1430）被钦命为苏州知府。况钟上任后，整顿吏治，裁汰冗官，严惩了几个作恶最多、民愤极大的胥吏；三次上疏户部，请求减免苏州官田的重赋，废止各种苛捐杂税,使久陷困顿的苏州农村经济得以复苏;兴修太湖农田水利,保证河道畅通,解决太湖泄水排涝问题,同时修筑圩岸,疏浚圩内沟洫,改善农业生产条件;与江南巡抚周忱一起,创建"济农仓",发挥借贷、救济、调控地方财政的功能;扩建苏州府儒学,培养选拔人才;抚流民,完善社会基层组织;改革漕运,清理军籍等等。况钟采取的一系列兴利除弊的措施,收到了明显的成效,给治所的老百姓带来了实实在在的好处。

作为一代清官,况钟之清,突出表现在清明和清廉上。况钟是由吏员步入仕途,熟悉下情,谙练公务,知识赅博,思维缜密,具备很强的断案才能。当时吴俗健讼,狱案堆积如山,况钟到任后,联合地方知县,两年中审理案件四百二十多起,因其明察秋毫,判断准确,被老百姓称为"况青天"。后来上演的昆剧《十五贯》就是根据其故事改编。

况钟在《示诸子诗》中自称"虽无经济才,尚守清白节",上句是自谦才华,下句是自傲气节,他为官清正,"内署萧然,无铺设华靡之物";不是因公宴会,食无兼味,家人亲友相聚,也仅"尊酒数行,青灯夜话而已"。况钟死后,棺木运回故乡安葬,随船所载只有书籍和日用品。

正统四年(1439),况钟在苏州知府任上已满九年,必须赴京接受考核,听从调遣了。离苏之日,"七邑耆民饯送者数百里弗绝",况钟口占七绝四首以道别。本诗就是其中一首。此诗用词朴素,却是情真意切:父老乡亲扶杖远送,牵衣话别,恋恋不舍;此一去,不知何时才能重逢?末句"珍重无忘稼穑艰"为全诗主旨所在,既是对自己的提醒,也是对部下的嘱托。说明为官者只有时刻不忘老百姓的疾苦,才能自觉做到勤政爱民,才能固守廉洁奉公。

《饯别》第二首,况钟进一步表明"清风两袖去朝天,不带江南一寸绵"。正因为其勤政廉政,深孚众望,深得民心,后来又有一万八千余人联名上书,请求况钟继续留任,朝廷破例同意,遂成一段政坛佳话。正统七年(1442)十二月,况钟积劳成疾,卒于苏州知府任上,府属七县百姓家家户户设灵悼念。此后五百余年,苏州况公祠焚香祭奠者络绎不绝,其诗伴随其事迹流传至今。

石灰吟①

明·于　谦

千锤万凿出深山，
烈火焚烧若等闲②。
粉骨碎身全不惜，
要留清白在人间。

【作者简介】

于谦(1398～1457)，字廷益，明浙江钱塘(今杭州)人。永乐进士，历任监察御史，河南、山西巡抚，曾平反冤狱，赈济灾荒。瓦剌内侵，虏英宗，他沉着应变，率京师军队及民众击退侵敌。从兵部侍郎升任尚书，加少保，总督军务，后英宗复辟，他被诬杀。籍没时家无余资，可见其为政清廉，万历间谥忠肃，有《于忠肃集》。

【注释】

①　吟：古代诗歌体裁名。"石灰吟"相当于"石灰歌"。
②　等闲：平常。"若等闲"指犹如十分平常。

【点评】

这是一首七绝，是于谦十七岁时的诗作。诗言志，从此首诗中可以清楚地看到，于谦少年就立有远大志向和崇高操守，其一生的品行和作为可与之相映照。

全诗蕴含一股浩然之气，震摄人心。首先，此诗立意深远。于谦自比自然界的石灰岩，以石灰岩的开采、煅烧、溶化为铺垫，最后唱出"要留清白在人间"的强音。"清白"一词乃诗眼也，一语双关，字面上指石灰洁白的颜色，实质上道出做人做事须追求和坚守的品行。其次，此诗波澜跌宕。出句就颇有气魄，至结句激情澎湃，一泻千里，骨力遒劲，更留有余音绕梁之势，断非那些庸常之作可比。再次，此诗明白流畅。以拟人化描写入手，从平坦中见奇崛，并不故作深奥，而极能让读者产生共鸣。愈平白通晓的语言则愈见功力之深，于谦早岁诗作即很成熟，后人评价其诗风"刚劲质朴"，可谓确论。

此诗之所以千古流传，不仅在于作者写作上的物我合一，更在于实践上的言行一致。于谦言行如一，年轻时的励志诗，最终成为其悲壮人生的鉴证。当年，著名共产党人王若飞同志在敌人监狱中，曾高吟此诗，鼓励牢友们坚守革命气节，一时引为佳话。今天，此诗亦能陶冶情操，砥砺意志，鼓舞一代又一代中华儿女去开创伟大的事业！

题　桑①

明·于　谦

一年一度伐条柯②，

万木丛中苦最多。

为国为民甘寂寞，

却教桃李听笙歌③。

【注释】

①　桑：桑树，落叶乔木，叶子是蚕的饲料，嫩枝的韧皮纤维可造纸，果穗可以吃，嫩枝、根的白皮、叶和果实均可入药。

②　条柯：枝条。伐条柯指桑树每年都要进行修剪，除去老枝，让树抽新枝长新叶。

③　教：使，让。

【点评】

这是首即景诗。某日，于谦同朋友们到西湖上饮酒，路过一片桑树林，见有农人修剪桑枝，触景生情而吟成此诗。

"一年一度伐条柯，万木丛中苦最多"，此诗一、二句语气低沉，饱含深情，一个"苦"字，爱怜之意，溢于言表，桑树无语，诗人有情。在农耕社会，桑树价值极高，用途广泛，可以说浑身皆宝。一个"多"字，并非虚语。据说，关于桑的最早记述出现在甲骨文中，先秦时已农桑遍野。三句"为国为民甘寂寞"，犹如在低吟浅唱时突然慷慨激昂，把桑树与国家、黎民联系起来，既借题桑表达了自己忧国忧民的高尚情怀，又使桑树的形象更为丰满挺拔。此句中的"甘"字值得玩味，甘心、甘愿、甘为，言其自觉自愿九死不悔。末句笔锋犀利，辛辣地讽刺了不劳而获且享受荣华富贵的"桃李"。一正一反，爱憎分明，立场自见。

　　此首题桑的七言绝句，用词朴实无华，却寓意深刻。作者以桑树为意象，深情地歌颂了像桑树一样甘于吃苦、默默奉献的清正廉洁的官员；同时，鞭挞了贪图富贵的贪官庸吏，抨击了贤才受压、不肖嚣张的不公正的社会现象。纵观于谦的一生，国有难时，挺身而出；民有苦时，食不甘味。说其是棵不争名利、不辞劳苦、甘愿为国为民的"桑树"，是十分恰当的！

咏煤炭

明·于　谦

凿开混沌得乌金^①，藏蓄阳和意最深^②。
爇火燃回春浩浩^③，洪炉照破夜沉沉。
鼎彝元赖生成力^④，铁石犹存死后心。
但愿苍生俱饱暖，不辞辛苦出山林。

【注释】

①　混沌：中国古代传说中指天体未形成以前模糊一团的景象。这里指原始状态。乌金：指煤炭。

②　阳和：温暖的阳光，这里指光和热。

③　爇（jué）火：火把，小火。

④　鼎彝：炊具和酒器。元赖：原本依赖。

【点评】

煤炭，是由古代植物被泥沙掩埋后，经过长期地质作用转变而成的层状固体可燃矿产。从现代意义上说，它是工业的粮食，是国家的主要能源，被誉为"乌金"。在古代，人们是怎样看待它的呢？于谦在《咏煤炭》这首七律诗中，歌颂了煤炭的崇高精神。

"凿开混沌得乌金，藏蓄阳和意最深"，深入地表，才能得到乌金般的煤炭，煤炭储藏着极大热量，得天地之阳气。首联浓墨重彩，由衷赞美煤炭。用"乌金"比喻煤炭，十分贴切。"爇火燃回春浩浩，洪炉照破夜沉沉"，指煤炭燃烧的温暖如同春回大地，洪炉的煤火照亮了茫茫黑夜。颔联深入一步，从春暖到照明赞美了煤炭的效用。"浩浩"和"沉沉"的叠字用法，极尽渲染，音节铿锵。"鼎彝元赖生成力，铁石犹存死后心"，指炊具和酒器依赖煤炭火力熔铸而成，煤炭冶炼了铁石后还壮心未已。颈联从宏观世界回到微观意象，炊具酒器是生活必用品，不可或缺，铁石经百炼而成钢，这些都离不开煤炭的能量，由此进一步赞美煤炭对人类的贡献。作者用笔跌宕多姿，匠心独运，"但愿苍生俱饱暖，不辞辛苦出山林"，尾联呼应开头，总括全篇，唱响了全诗最强音。煤炭甘愿使天下老百姓都能享受温饱，为此，它不辞辛苦，走出山林为民造福。至此，作者的诗心毕现，原来于谦是托物言志，以拟人化手法，借歌颂、赞美煤炭来表达自己报国为民的志向和鞠躬尽瘁的决心。

此诗一气呵成，凝炼雄浑，对仗工整，平仄谐和，甚见功力。尤其是尾联，自然流畅，犹如口语，却内涵隽永，颇耐回味。于谦立清正廉洁之志，践报国为民之行，言行一致，心口如一，值得当代公仆们借鉴和仿效。

题画菜

明·于　谦

青紫均沾雨露恩①，
一团生意淡中存②。
食前方丈倘来物③，
大节还须咬菜根④。

【注释】

① 青紫：指各种蔬菜。

② 生意：生机，富有生命力的气象。淡：清淡。

③ 食前方丈：语出《孟子》，指吃饭时把各种菜肴摆满一丈见方之地，极言其奢。倘来物：意外之物，或指不应当得到的财物。

④ 大节：关系到国家和民族安危存亡的节操。咬菜根：比喻安心过艰苦的生活。

【点评】

这是一首自励诗，作者借题画抒发了自己的情怀。"青紫均沾雨露恩，一团生意淡中存"，说的是各类蔬菜都享受雨水、甘露的恩惠，一股勃勃生气在清淡中蕴存。首句即以自然界的蔬菜起兴，引申为在官场里，无论职位高低，都拿着国家的俸禄，而要保持清廉的精神，就要淡泊名利。一个"淡"字，使我们不禁想起诸葛亮《诫子书》中"非淡泊无以明志,非宁静无以致远"的格言。"淡"字体现出一种情怀,一种境界,而先贤们在这方面是一脉相承的。寥寥两句,言近而旨远。"食前方丈傥来物"一句承上启下,是重要过渡。此诗标明是"题画菜",因此,自然而然讲到饮食,讲到菜肴。奢侈的饮食,作者觉得是非分的享受,是"傥来物"即不应当得到的食物。"大节还须咬菜根",末句言明诗旨:作者认为秉持大节就须咬得菜根,过得艰苦,耐得清贫。古人云:"人常咬得菜根则百事可做","咬菜根"成为艰苦奋斗的专用词。诗中一个"须"字,表明作者坚定不移、坚忍不拔的立场。

　　此诗的一个鲜明特点,就是深入浅出,把深刻的哲理用浅显的话语说明,层层递进,最后点明主旨。于谦作此诗已有五百多年了,然而言犹在耳,余音不绝。在公款吃喝风仍在盛行的今天,其警示意义丝毫没有过时。

入　京

明·于　谦

绢帕麻菇与线香①，

本资民用反为殃②。

清风两袖朝天去③，

免得闾阎话短长④。

【注释】

① 绢帕、麻菇、线香：当时的土特产。

② 资：供给。

③ 朝天：朝见皇帝。

④ 闾阎：泛指民间老百姓的居住区，也指平民百姓。古时二十五家为一闾，老百姓居住的区域为闾里。

【点评】

写作此诗时，于谦正在河南巡抚任上。当时，外任官入京，常搜括些土特产送给权贵与皇帝，而于谦返京时却什么物品都没有带，还作了这首掷地有声的绝句。反复哦吟，深感此诗简直就是一篇"廉政宣言"！

首句列了三件土特产的名称，似乎平淡无奇，但次句笔锋一转，立刻锋芒毕现。土特产无辜，然而为官者将此搜括来进贡，势必增加老百姓的负担，成为祸殃。在封建时代，这一现象司空见惯,能自觉保持清正廉洁,殊为不易。次句中的一个"反"字,一针见血,值得留意。"清风两袖朝天去",是本诗的精华,激越动人,有着强烈的艺术感染力。既表现了于谦的磊落情怀,又形象化地显示了其崇高人格。清风两袖朝见皇帝,真真是难能可贵,这既需要勇气,更需要正气。末句精辟有力,表明于谦十分重视民间的舆论和自己在百姓中的形象。此诗自然流畅,毫不雕琢,体现着诗人刚劲质朴的艺术风格。

当今,我们各级地方干部同样会遇到去面见上级领导的情况,能否做到像于谦那样"清风两袖",确实需经历一番严峻考验。

剩喜门前无贺客

明·于　谦

剩喜门前无贺客^①，
绝胜厨传有悬鱼^②。
清风一枕南窗卧，
闲阅床头几卷书。

【注释】

① 剩：颇；很；相当地。

② 悬鱼：此处用典，说的是东汉南阳太守羊续喜欢吃活鱼，某次，府丞焦俭于农历三月献上一条鲤鱼，他收下后悬于庭院，任其干枯。第二年三月焦俭又送来一条鱼，羊续便拿出去年那条已干枯的鱼给焦看，焦俭便再也不来送礼了。

【点评】

　　此诗是于谦四十五岁生日的抒怀之作。于谦以二十八字的绝句酣畅淋漓地抒发了自己清正廉洁的情怀。

　　首句直抒胸臆。在封建社会，为官任上适逢过生日，一般人十分欢喜甚至盼望贺客盈门，生怕门前冷落车马稀。于谦则截然不同，他希望无客登门，无人送礼。一个"喜"字运用得极为传神洗练，值得玩味。次句用了羊续悬鱼的典故，看似信手拈来，实则匠心独具，自然浑成，显示出诗人功力之深。次句既和首句形成明确的因果联系，又为后三、四句的表白起了衬托作用。一个"胜"字，铿锵作响，力透纸背，于谦的廉洁形象更为劲健、更为丰满。

　　如果说一、二句比较严肃的话，三、四句则似话家常，语如白话，娓娓道来，十分亲切。"清风一枕南窗卧，闲阅床头几卷书"，何等超脱！闲来清风为枕，诗书作伴，高雅且富有诗意。诗人宁静的心态、甘于淡泊的志向跃然纸上。细细鉴赏，此诗的后两句又是前两句的必然结果，完全符合情感发展的自然趋向。此诗运用典故却不堆砌，读来无生搬硬套之感；遣词造句似行云流水，一笔挥洒而满篇生辉。咀嚼再三，顿感齿颊生香。

　　此诗具有现实教育意义，各级领导干部在日常生活中，特别是逢年过节做寿时，如何真正做到拒礼，进而"拒腐蚀，永不沾"，五百多年前的于谦做出了榜样，堪称楷模！

送陈信致仕归①

明·杜璚

公辞荣禄赋归田②，
又却苏民馈赆钱③。
一任此生贫到骨④，
只留清节与人传⑤。

【作者简介】

杜璚（qióng），明正统年间苏州（今属江苏）人，生卒年和生平事迹不详。

【注释】

① 致仕：交还官职，即辞官。
② 赋归田：退职回乡。
③ 却：推辞不受。馈赆（jìn）钱：临别时赠送的钱财。
④ 贫到骨：形容极度贫困。
⑤ 清节：高尚纯洁的节操。

【点评】

明代苏州通判陈信为官清廉，生活俭朴，毫不苟取。当他辞官回乡时，行李十分简单，百姓纷纷送行，有的人实在看不下去，还追送财物给他，都被陈信一一婉拒。杜璚见此情景，感慨系之,便以诗赠别,为后世留下了一个廉吏的典范。

"公辞荣禄赋归田",首句即点明背景:陈信辞去了做官的荣耀和俸禄,退职回到了家乡。"公"指陈信,乃尊称。"又却苏民馈赆钱",第二句意指他推辞不受苏州黎民赠送给他返乡旅途上的费用。前两句脱口而出,不假雕饰,以疏淡之笔赞美崇高之怀,令人信服。然而作者犹嫌不足,在诗的后半部分转笔增彩,使廉吏的形象更加饱满高大。"一任此生贫到骨,只留清节与人传"。意指任凭这一生极度贫困,只留下高尚纯洁的节操传给后人。好一个"一任",宁可清贫,不愿浊富,就是到了极度贫困的境地,也不改清正廉洁的初衷,无论何时何地,这一襟怀坚定不移。走笔至此,让人顿生高山仰止、景行行止之感!

在当前反腐败斗争中,通过案件剖析,有一种现象值得关注,即"黄昏犯罪"或曰"五十九岁犯罪"现象。有些为官者能坚持廉政数十年,却在退休前夕贪污受贿,结果在铁窗中苦度余生,教训极其沉痛。他们为什么会晚节不保呢?其中固然有多方面原因,但内因起着主导作用。如果也能继承古贤"一任此生贫到骨,只留清节与人传"的精神,自然能够确保晚节、笑傲人生!

题却金亭①

明·王 胜

每因性褊遭弹劾②,四十年过不动心。

匣内惟存三尺剑,囊中肯受四知金③。

平生节操何曾改,半点秋毫孰敢侵④。

今对此亭堪驻马⑤,仰天无愧发长吟。

【作者简介】

王胜,生卒年不详,明正统年间任福建都司(执掌一省军政的官吏),博学能文,清正廉明,民间留有美誉。

【注释】

① 却金:推辞不受他人的钱财。

② 性褊(biǎn):原指心胸狭隘,此处指性格耿直。弹劾:指检举官吏的违法失职行为并追究其法律责任。

③ 肯受:岂肯接受。四知金:详见本书唐代胡曾《关西》诗注。

④ 孰:哪个。

⑤ 堪:可以;能够。

【点评】

王胜为官任上十分廉洁,外出巡视自带饭菜,被人们誉为

"菜王"。有次，一位武官送上许多银两，王胜坚决推辞不受，事后还在官署旁造了一座"却金亭"，向天下人昭告自己廉洁从政的决心。第二年王胜路过"却金亭"，回首往事，无限感慨，遂题此诗表明心迹。此诗文采斐然，气势夺人，非寻常笔墨。

首联"每因性褊遭弹劾，四十年过不动心"，意指自己每每因为自己性格耿直而遇到官场同僚们的指责甚至导致罢免，四十年岁过去了依然初衷不改。"性褊"、"弹劾"句带有作者自嘲的意味。"四十年"既可以是实指，也可以是虚指。首联即把作者嫉恶如仇、九死不悔的性格特点慨然托出，具有一泻千里之势。颔联更是警策动人，"匣内惟存三尺剑，囊中肯受四知金"，此联十分工整，为全诗的亮点，意指匣内只存有三尺长剑，口袋中岂肯接受不义之财。剑为古人十分青睐的武器，象征着治国平天下的抱负和志向。譬如南宋陆游的诗句"匣中宝剑夜有声。"此联是作者廉政报国的自我写照。颈联作者又对自己进一步反思，"平生节操何曾改，半点秋毫孰敢侵"，意指一生的气节操守并没有改变，国家和百姓的毫末利益也不能侵犯！故在尾联十分自豪地说："今对此亭堪驻马，仰天无愧发长吟"，意指面对着却金亭可以勒马停留，我做到了上不愧天、下不愧民，因此吟出此诗。作者的坦荡情怀，不言而喻。

此诗告诉我们，为官从政必须一身正气，秋毫不取。因为，无私才能无愧，无愧才能无畏，无畏才能无敌。

寄 内

明·张 弼

四儿六岁五儿三,莫把肥甘习口馋①。
清白传家无我愧②,诗书事业要人担。
三餐淡饭何须酒,一箸黄薤略用盐③。
闻说有人曾饿死,算来原不为官廉。

【作者简介】

张弼(1425~1487),明代诗人、书法家,字汝弼,号东海翁,华亭(今属上海松江)人。成化进士,曾任兵部主事、员外郎、南安知府等职。他治绩甚著,深得民心,后因病辞官归去,百姓为他立祠塑像。善诗文,尤工草书。

【注释】

① 肥甘:美味,美食。

② 清白传家:将清正廉洁的家风作为遗产传给子孙后代。

③ 箸(zhù):筷子。一箸:形容数量很少。薤(jī):同齑,切碎的腌菜或酱菜之类。

【点评】

这是一封以诗的形式寄给妻子的家书。作者在外地做官,自然会牵挂和惦念家中的妻子儿女们,他是如何嘱咐妻子的呢?

从一封家信中,我们看到了一位可亲可敬的丈夫和父亲。

　　首联写得极普通且平淡,只是关照妻子对四儿、五儿不能溺爱,莫使他俩养成贪嘴、专爱吃美食的坏习惯。俗话说,贪吃懒做。贪吃和懒做是紧密联在一起的,从小有了这个坏习惯对成长不利。平平淡淡才是真,只言片语中却包含着深厚如山的父爱。颔联话锋陡转,“清白传家无我愧,诗书事业要人担”。作者是一位为政清廉的官吏,同时又是一位善诗文、工草书的学者,他多么希望清白的家风能够一脉传承,诗文书法等文化事业能够薪火接续,从而问心无愧。作者深知“艰难困苦,玉汝于成”的至理,在颈联中,作者以诙谐的口吻,工整对仗的诗句,将艰苦朴素的居家日子写得十分轻松,从而在调侃中达到教育家人的目的。尾联委婉作结,其意为只听说贫穷的人曾饥寒交迫而死,那么做个清官总不至于饿死吧。作者之所以这么说,主要是嘱咐妻子要乐于过清贫的日子,避免骄纵子女的行为。此诗并无枯燥空洞的说教,而是动之以情,晓之以理,顺之以心,导之以行,有着强烈的感染力。

　　一滴水见大海,一封家信能折射出一个人的人生观。做官,不但自己要廉洁,还要严格管好自己身边的人,特别是家庭和亲属,这样才能起到言传身教的表率作用。作者在诗中谆谆以嘱,显示了一名清官的拳拳之心。此诗表明:家教,无论是在古代还是当今,都是十分重要的。作为一名领导干部,尤其不能忽视这个方面。

咏纤夫^①

明·陆 容

绿柳堤前雁鹜行^②，
挽舟终日送官忙^③。
舟中若载清官去，
尽受辛勤也不妨^④。

【作者简介】

陆容，生卒年不详，明太仓（今属江苏）人。成化进士，曾任
兵部职方郎中、浙江右参政等职。

【注释】

① 纤夫：用绳索拉船前行的人。

② 雁鹜行（háng）：雁即大雁，鹜即野鸭，均为鸟类一属。形
容纤夫拉船如雁鹜飞翔排成行列。

③ 挽：拉。

④ 不妨：表示可以这样做，没有什么妨碍。

【点评】

明代陆容的《咏纤夫》诗，朴实而不假雕饰，真诚而毫不矫
情，颇值得一读。

纤夫，即用绳索拉船前行的人，纤夫们排成纵队背负绳索沿

河岸依次而行，这是一项古老的职业，在没有轮船而行驶木帆船时尤为常见。首句"绿柳堤前雁鹜行"，雁即大雁，鹜即野鸭，均为鸟类的一属，其飞行时会排成整齐的行列。此联意为在栽种着绿柳的河堤边，纤夫们象雁鹜飞翔似的排成行列前进着。其实，纤夫们极其辛苦，他们干的是苦力活，尝尽风吹雨打和炎热严寒之苦，而此句却以诗情画意来渲染，其表明了作者对社会底层百姓的同情，同时又是为诗的后篇张目。次句"挽舟终日送官忙"，挽舟即拉船，意为纤夫们不分昼夜地拉船为送行官员忙碌着。此句点明船为官船，而非普通百姓之船，是为了引出纤夫们的话。纤夫们是如何说的呢？请看三、四句"舟中若载清官去，尽受辛勤也不妨"，说的再明白不过了，如果为清官拉船，累死累活也不要紧。由此，道出了老百姓对清官的爱戴之情。老百姓向来爱憎分明的，爱什么，恨什么，决不含糊。此诗尽管没有半句谴责贪官污吏之语，却对其予以有力的鞭笞。

在古代，老百姓以朴素的感情盼清官，颂清官，爱清官，主要是清官能恪守廉洁，率先垂范，又能为民做主，替民办事。时至今日，老百姓的这种感情并没有改变，依旧是代代承续，成为民心向背的一种直接反映。

四绝句①（选一）

明·张文渊

凿开石窦通泉脉②，
插种梅花入瓦盆。
深紫深红非不爱③，
欲留清白与儿孙。

【作者简介】

张文渊，生卒年不详，字公木，号跃川，明浙江上虞人。弘治进士，官终南京礼部郎中。

【注释】

① 四绝句：张文渊写的是四首七绝，这里选其中的一首。
② 石窦：石穴。泉脉：泉水的脉流，指水源。
③ 深紫深红：泛指各种颜色鲜艳的花朵。

【点评】

人生一世，该给子孙后代留些什么，是物质财富还是精神财富？对此，古今有识之士和短视之人的考虑是不同的。在这首绝句中，作者回答了这一问题。

首句作者作了很形象的描述，将石穴凿开，使地下泉水的水源流通。它象征着一个家庭经过几代人的开创，家道已是源远流长。次句讲了将梅花栽种在瓦盆,此乃比喻——梅花,历来被视为花中君子,是高标纯洁的化身,此句暗喻培育后代的重要性。第三句"深紫深红非不爱","深紫深红"指的是各种颜色鲜艳的花朵,暗喻人生的大富大贵或指仕途的高官厚禄。前三句中以泉脉喻家道,以鲜艳花朵喻人生际遇,诗中的比兴手法十分圆熟。但这并非目的,其目的是为了宣扬一个治家理念,即末句"欲留清白与儿孙"——只是想把清白的品质作为遗产传给子孙后代。作者极富远见,他深知,留下太多的财富给子孙,并不是件好事,反而是件祸害。因为,留下太多财富,子孙们就会坐享其成以至坐吃山空;留下太多财富,子孙们就会丧失艰苦奋斗的动力,缺乏进取意识。而清白的品质、廉洁的家风却是治家兴家的法宝。清代禁毁鸦片的民族英雄林则徐有云:"子孙若如我,留钱作什么? 贤而多财,则损其志;子孙不如我,留钱作什么? 愚而多财,益增其过。"其深刻的见解与作者何等相似。

当今社会,有些腐败分子贪污受贿的目的之一,就是为了让子孙后代过"人上人"的安逸生活,结果不但自己身败名裂,亦使子孙们蒙受耻辱,其间的教训,实发人深省!

煮粥诗

明·沈 周

煮饭何如煮粥强，好同儿女熟商量^①。
一升可作二升用，两日堪为六日粮。
有客只须添水火，无钱不必问羹汤^②。
莫言淡薄少滋味，淡薄之中滋味长。

【作者简介】

沈周(1427～1509)，明画家，字启南，号石田，晚号白石翁，长洲(今江苏吴县)人，不应科举，长期从事绘画和诗文创作。擅山水，笔墨坚实豪放，形成中锋为长、沉着深厚的风貌；亦作细笔，于谨密中仍具浑成之势；兼工花卉、鸟兽，擅用重墨浅色，别有风韵。与文徵明、唐寅、仇英并称"明四家"，著有《石田集》《客座新闻》等。

【注释】

① 熟商量：在此指仔细地商量，含有耐心劝说之意。
② 羹：五味调和的浓汤。

【点评】

这是首七律，初吟觉得此诗通俗易懂，复吟顿感此诗寓意深刻。沈周画名甚大，作诗亦见功力。

首联开门见山，把家庭日常生活中的煮饭还是煮粥这一问题拿到桌面上与儿女们商量。颔联"一升可作二升用，两日堪为六日粮"，把煮粥的好处具体地列出来，说明要勤俭持家，必须细水长流。颈联又把这层意思递进了一步，即使有客来舍也不须铺张，更不必打肿脸充胖子、"穷大方"，一起吃顿粥就行了。颔联和颈联对仗工整，平仄相切，读起来琅琅上口，颇具节奏，既含调侃，又不失坦荡，完全是君子风度。尾联"莫言淡薄少滋味，淡薄之中滋味长"更属点睛之笔，耐人寻味，是该诗最富有哲理处，亦把举家食粥的意义升华了。尾联中前一个"淡薄"与后一个"淡薄"是一个意思，指的是味道不浓厚；而前一个"滋味"与后一个"滋味"却不是一个意思，后者已经升华为人生意义了。至此，一个"穷且益坚，不坠青云之志"、安贫乐道的仁者形象鲜明地树立在眼前。

如果说一代大家沈周能把煮粥诗写得如此有声有色，把古贤坚守清贫的操守洋溢在诗里。那么，在今天全面建设小康社会的征途上，我们积极倡导勤俭建国，反对铺张浪费，适度过些紧日子，不同样具有深刻的现实意义吗？

言 志

明·唐 寅

不炼金丹不坐禅①，
不为商贾不耕田②。
闲来写就青山卖③，
不使人间造孽钱！

【作者简介】

唐寅(1470～1523)，明画家、文学家，字伯虎，一字子畏，号六如居士、桃花庵主、逃禅仙吏等，吴县(今属江苏)人。年二十九中乡试第一，会试时因牵涉科场舞弊案而被革黜。擅画山水，并工人物、花鸟，与沈周、文徵明、仇英并称"明四家"。兼善书法，工诗文，与祝允明、文徵明、徐祯卿并称"吴中四才子"。文以六朝为宗，诗初多秾丽，中尚平易，晚则纵放不拘成格。后半生在苏州城西北桃花坞建桃花庵，以卖画为生，有《六如居士全集》。

【注释】

① 炼金丹：道教徒用朱砂炼药，指修仙求道。坐禅：佛教指通过静坐默想领会佛理。

② 商贾(gǔ)：泛指商人。

③ 青山卖：画一些山水作品在市上销售。

【点评】

唐寅是明代著名书画家、文学家,因"科场舞弊案"受牵连,又遭家难,历经坎坷,后养成了蔑视功名、狂狷不羁的性格。其事衍变成为戏剧、小说,而他本人也成为受老百姓喜爱的人物,在民间流传至今。此诗尽管有些自视清高,却显示了作者傲岸的性格和高尚的情操。

此诗前两句四个"不"字连用,读之如铿锵作响,阅之似奇峰兀立,殊而不凡。"不炼金丹不坐禅,不为商贾不耕田",意指既不修仙求道,亦不念经信佛;既不经商做生意,亦不务农去耕田。如此写诗,实在少见,只有唐寅这样的大家偶尔为之,直截了当表明了一种态度、一份情怀。那么,唐寅究竟要干什么呢?这就为第三句作了铺垫,"闲来写就青山卖",原来作者的潜台词是:我虽然功名受挫被黜,但我仍然可凭自己所创作的艺术作品,凭劳动所得谋生。最后一句如惊雷轰鸣,"不使人间造孽钱",意指绝不使用或攫取人世间的不义之财。"造孽"是佛教用语,泛指做坏事,亦称作孽,"造孽钱"在这里引申为不义之财。俗语云:君子爱财,取之有道。对于正当的报酬,自然可以追求,否则,一分不贪取。这是一条谋事做人基本的道德底线。此诗语言通俗,韵律顿挫,布局波澜起伏,表现了作者不拘一格的创作精神。

其实,无论从事何种职业,都有一个不做坏事、不贪求不义之财的基本要求,古今皆然。对于现代各级领导干部而言,这一标准并不高。当面临各种诱惑时,我们能否把握"定力",始终扣住"不使人间造孽钱"这根弦呢?

哭海瑞

明·朱 良

批鳞直夺比干心①,苦节还同孤竹清②。

龙隐海天云万里③,鹤归华表月三更④。

萧条棺外无余物,冷落灵前有草根。

说与旁人浑不信⑤,山人亲见泪如倾⑥。

【作者简介】

朱良,明代苏州平民,与海瑞同时,其生卒年和生平事迹不详。

【注释】

① 批鳞:比喻批评皇帝。比干:商代忠臣,纣王的叔父,相传因屡次劝谏纣王,被剖心而死。

② 苦节:保持节操和志向。孤竹:指古代孤竹国君的两个儿子伯夷和叔齐。

③ 龙隐海天:此处暗喻海瑞去世。

④ 鹤归华表:据晋代陶潜《搜神后记》载:汉辽东人丁令威,在灵虚山学道成仙,后化鹤归来,落城门华表柱上。有少年欲射之,鹤乃飞鸣作人言:"有鸟有鸟丁令威,去家千年今始归。城郭如故人民非,何不学仙冢累累。"歌毕飞入高空。此处暗喻海瑞去世。

⑤ 浑:全、完全。

⑥ 山人:山林隐士。作者自称。

【点评】

　　海瑞(1514—1587),广东琼山(今海南)人,是我国历史上著名的清官。海瑞步入仕途,先任福建南平县学教谕,全力整饬校风。后升任浙江淳安知县,认真公正地审理案件,当地百姓称他"海青天"。浙江总督胡宗宪的儿子招摇过境,吊打驿吏,作威作福,被海瑞捉拿惩办。严嵩党羽鄢懋卿以都御史身份巡查盐政,到处敲诈勒索,海瑞一纸书信揭露他的丑行,使其不敢肆意妄为。调任江西兴国知县后,海瑞清丈田亩,裁汰冗官,打击乡绅恶霸,减轻了百姓的负担。

　　公元 1564 年,海瑞调到京城任户部云南司主事。两年后,他上章直谏,严肃批评嘉靖皇帝(明世宗)迷信道教,不理朝政,以致吏贪官横行,民不聊生,结果被捕入狱,直到明世宗死去才得释放。公元 1569 年,海瑞奉命巡抚应天十府(包括苏皖两省大部分地区)。当时,江南遭遇严重水灾,海瑞把赈济与治水结合起来,组织灾民兴修水利,很快疏浚了河道,战胜了水灾。接着,海瑞下令大地主退田,这一举措触犯了大地主阶级的利益,导致被罢官,在家乡闲居十六年。公元 1585 年,72 岁的海瑞被重新起用,任南京吏部右侍郎。刚上任,海瑞便整肃纪纲,改革弊政,惩处贪官污吏。后又升任南京都察院右都御史,不久,病逝于任上。

　　去世之日,同官替海瑞清点遗物,发现只有俸银十余两,绫、绸、葛各一匹,以及几件旧衣服。海瑞深受百姓爱戴,出殡那天,南京城里商贾小贩停业歇市,家家门前点香烧纸祭奠,为其灵柩送行者百里不绝。作者亲眼目睹这一情景，万分感慨，满怀深情地写下《哭海瑞》一诗。

首联概括海瑞刚正清廉的品德。颔联借用典故暗喻海瑞去世。颈联突出海瑞病逝时身无长物。尾联强调海瑞的清廉一般人难以置信，而作者"亲见"，可以作证。此诗完全可以说是老百姓的心声。全诗读来荡气回肠，催人泪下，从而使海瑞的形象更加鲜明、丰满和崇高。同时，诗化的语言使海瑞的事迹更加真实、感人！

哭杨椒山①

明·沈　炼

郎官抗疏最知名②，玉简霜毫海内惊③。

气作山河今即古④，光齐日月死犹生。

忠臣白骨千秋劲，烈妇红颜一旦倾⑤。

万里只看迁客泪⑥，朔风寒雪共吞声。

【作者简介】

沈炼(1505～1557)，字纯甫，号青霞，明浙江会稽(今绍兴)人。嘉靖进士，曾任溧阳、茌平、清丰知县，清廉爱民，政绩卓著。因上疏弹劾严嵩父子，被杖罚并流放，直至被杀。严嵩败，追赠光禄大夫，谥忠愍，有《青霞集》。

【注释】

① 杨椒山：即杨继盛，其号椒山。详见本书《言志诗》的《作者简介》。

② 郎官：杨继盛弹劾严嵩时，官职为兵部员外郎，故称。抗疏：上疏直言。

③ 玉简霜毫：手版和毛笔的美称。

④ 今即古：意谓正气古今一脉相承。

⑤ 烈妇：指杨继盛之妻。杨继盛被捕后，其妻张氏伏阙上书，被严嵩扣压，后亦死节。

⑥ 迁客：遭贬谪流放之人。

【点评】

这是作者悼念忠臣杨继盛的一首七律。"哭"，在古诗中特指哀悼。

明代嘉靖年间，奸臣严嵩篡权当上内阁首辅（相当于宰相），他与其子严世蕃狼狈为奸，破坏纲纪，贪赃枉法，罪恶滔天。为了社稷百姓，杨继盛冒死弹劾严嵩，却遭严嵩诬陷入狱，后被杀害。作者沈炼秉性刚直，不附权贵，两年后亦因弹劾严嵩父子被杀害。可见，杨、沈二人志同道合、同气相求。此诗属于英雄相惜、肝胆相照之作，诗中充满感慨悲愤之情，具有无与伦比的感召力。

首联满含崇敬之情，直接赞美了杨继盛的上疏直言。颔联进一步褒扬杨继盛，认为其浩然正气永贯山河，光照日月，虽死而犹生。颈联以极其沉痛的心情，哀悼杨继盛夫妇的壮烈生平，对严嵩之流陷害忠良的滔天罪行予以愤怒揭露和严厉谴责。在尾联作者表明，自己虽被杖罚并遭流放，但决不屈服，决不低头，誓与奸臣抗争到底。显然，作者立志继承杨继盛遗志，前赴后继，完成忠良的未竟事业。此诗光焰夺人，气势慑人，特定的作者在特定的背景下，讴歌特定的对象，真是"气作山河"、"光齐日月"！

就在杨继盛、沈炼被害不久，社会上出现了一些优秀的文学作品，以戏剧或小说的形式，热烈歌颂他们的英雄事迹，如《鸣凤记》《喻世明言》的压卷之作《沈小霞相会出师表》等，真实地反映了历史的发展趋势，体现了民心向背。

此诗对于当代纪检监察战线的同志具有强烈地砥砺作用。

我们应学习和发扬古代先贤和忠良们的无私无畏精神,敢于并善于同一切腐败分子和腐朽势力作坚决顽强的斗争,历千险而不惧,涉万难而不怨,经九死而不悔,努力做好党的忠诚卫士和群众的贴心人!

言志诗

明·杨继盛

读律看书四十年①，
乌纱头上有青天②。
男儿欲画凌烟阁③，
第一功名不爱钱。

【作者简介】

杨继盛（1516～1555），明保定容城（今属河北）人，字仲芳，号椒山。嘉靖进士，任兵部员外郎，以劾大将军仇鸾误国，贬官。不久再被起用，任兵部武选司员外郎，劾权相严嵩十大罪状，下狱受酷刑，被杀。后赐谥忠愍，有《杨忠愍集》。

【注释】

① 读律：研读法则、规章。

② 乌纱：古代官员戴的帽子，有时用作官职的代称。

③ 凌烟阁：为表彰功臣而建筑的高阁。阁内绘有功臣图像，建于北周。

【点评】

杨继盛是我国历史上著名的清官廉吏，他耿介正直，嫉恶如仇。看到奸臣仇鸾丧权辱国，就上奏章弹劾，结果被降职。被重新起用后，他依然刚直不阿，以国事为重。当时权相严嵩把持朝政，作恶累累，杨继盛不顾自身安危，冒死弹劾严嵩十大罪状，结果又遭严嵩诬陷，系狱三年后被杀害，其人其事流芳后世，从其《言志诗》亦能窥见杨继盛的高风亮节。

首句"读律看书四十年"中的"四十年"不一定实指，可以是虚指，表明杨继盛研习法律、苦心钻研的时间之长，足见他是位饱学之士。第二句"乌纱头上有青天"，意指为官者头上顶着青天，岂可胡作非为。表明杨继盛是位懂得遵循法度的官吏。第三、四句笔锋陡转，将全诗推向新的境界，"男儿欲画凌烟阁，第一功名不爱钱"，意思十分明了，大丈夫若要建功立业入凌烟阁，最重要的是做到清廉不爱钱。凌烟阁是封建王朝为表彰功臣而建筑的高阁，阁内绘有功臣图像，是最高荣誉的象征，为力图"赢得生前身后名"的士人们所向往。杨继盛把清廉不爱钱说得如此重要，既是不刊之论，又是金玉良言。南宋民族英雄岳飞认为：文官不贪财，武将不怕死，天下才能太平。两者的立场和观点完全相同。

此诗通篇口语，明白如话，却具有深入浅出、言近旨远的特点。它提醒我们：为官从政万万不可无法无天、贪污受贿、以身试法。

题署中诗①

明·刘应麒

来时行李去时装，
午夜青天一炷香②。
描得海图留幕府③，
不将山水带还乡。

【作者简介】

刘应麒，生卒年不详，字道征，明鄱阳（今属江西）人。隆庆进士，初任庶常官、礼部主事，因其清正廉洁，先后出任广西督学、四川参政、湖广臬司、浙江左右布政、应天巡抚等职。万历年间，主持重修《鄱阳县志》。

【注释】

① 署：官署，办理公务的处所。

② 午夜：半夜。青天：指白天。一炷香：一枝香，焚香敬礼的意思。

③ 海图：此指太湖山水画。较大的湖泊也叫海。幕府：指衙署。

【点评】

刘应麒为官清廉，他在告老还乡前夕，在衙署中题了这首七绝诗。

　　首句"来时行李去时装"，连用两个"时"字，在修辞上谓之互文。此句表明作者离任时的行李和初来时一样，在任期内绝未中饱私囊。次句"午夜青天一炷香"，指的是无论白天黑夜，都能恪尽职守，上不愧天，下不愧民。一、二句还表明作者在廉政和勤政方面都经受住了考验，但作者犹嫌不足，三、四句"描得海图留幕府，不将山水带还乡"，直叫人拍案称绝了，作者不仅在任期内丝毫不贪不沾，离任时连自己创作的太湖山水画都不肯带回家，以避瓜田李下之嫌。此题诗写得轻松洒脱，作者心底无私，坦坦荡荡，还颇具幽默感。此诗押平声七阳韵，充分表明作者题诗时的愉悦心情。明代无名氏有首讽刺贪官诗："来如猎犬去如风，收拾州衙大半空。只有江山移不动，也将描入画图中。"两诗互读，孰廉孰贪，孰忠孰奸，泾渭分明，一目了然矣！当今的各级领导干部在接受离任审计时，如果都能具有作者那种襟怀和心情，岂不幸哉！

官清不爱钱

明·冯梦龙

吏肃惟遵法^①，
官清不爱钱。
豪强皆敛手^②，
百姓尽安眠。

【作者简介】

冯梦龙(1574～1646)，明文学家、戏曲家，字犹龙，别署龙子犹、顾曲散人、墨憨斋主人等。长洲(今江苏吴县)人，曾任寿宁知县。一生主要从事小说、戏曲和其他通俗文学的研究、整理与创作。辑有话本集《喻世明言》《警世通言》《醒世恒言》，世称"三言"。此外还编有时调集、散曲集、笔记等，改写小说，创作传奇剧本，修改汤显祖、李玉、袁于令诸人作品多种，合称《墨憨斋定本传奇》。

【注释】

① 吏肃：吏治严肃认真。
② 敛手：把手收起来，表示不肆意妄为。

【点评】

冯梦龙是明代著名文学家、戏曲家,被誉为"中国的莎士比亚"。诗词非其专长,但此首五绝文字精整,笔致大方,篇幅虽短,却寓意深刻。

首句"吏肃惟遵法",意指官吏的品行、作风应严肃端正,须自觉遵守法纪法度。一个"惟"字很见力度,只此一途,别无他选,若想澄清吏治,使官德官风好转惟有一个路径,即遵纪守法。次句"官清不爱钱",意指为官要做到清廉就必须不贪财。此句从唐代李白《赠崔秋浦三首》:"见客但倾酒,为官不爱钱"脱化而来。南宋岳飞留有名言:"文臣不爱钱,武臣不惜死,天下太平矣。"其内涵一脉相承,作者用一个"清"字,其良苦用心不言自明。若真正做到了"吏肃""官清",那么就会出现良好的社会效果,即此诗第三、四句所描绘的情形:"豪强皆敛手,百姓尽安眠。""敛手"指收手,表示不敢无法无天、肆无忌惮。诗句中的"皆"、"尽"字,是虚词,有些夸张,不一定完全实现,但表达了黎民百姓对清廉吏治和太平社会的盼望和渴求。

此诗是作者冯梦龙在《喻世明言》中赞颂清官的一首诗,短短二十字,反映了作者的政治理想,暗合了现代反腐倡廉建设的基本要求。冯梦龙在《醒世恒言》中写诗道:"善恶到头终有报,只争来早与来迟。劝君莫把欺心传,湛湛青天不可欺"。若将两首诗合看,便能加深对遵纪守法重要性的感悟。

当前,党和政府全力推进反腐倡廉建设,其目的正是为了使党风、政风根本好转,领导干部廉政勤政,从而使好人安居乐业,坏人不敢恣意妄为。可见,一首好诗不仅耐读,而且能跨越时空,经久不衰,并仍有教育和借鉴意义。

义利源头识颇真

明·李 汰

义利源头识颇真①，
黄金难换腐儒心②。
莫言暮夜无知者③，
怕塞乾坤有鬼神④。

【作者简介】

李汰，明代官员，曾任福建主考官，生卒年和生平事迹不详。

【注释】

① 颇：很，相当地。

② 腐儒：作者自谦，指坚持儒家道德准则的读书人。

③ 详见本书唐代胡曾《关西》诗注。

④ 塞：堵住。乾坤：泛指天地。

【点评】

明代时，李汰被朝廷派往福建主持科举考试。某日深夜，有个考生送上一包黄金，以通"关节"，李汰断然拒绝，"厉声驱出"该考生，并作了这首诗表明立场。

首句可谓义正辞严，"义利源头识颇真"，意指在道义和利益的根本问题上，最能看清一个人的真实面目。"源头"一词泛指事物的根源、起源。在古代，义和利是区分君子和小人的标准。孔子曰："君子喻于义，小人喻于利"，界线十分鲜明。次句更是立场坚定，"黄金难换腐儒心"，"腐儒"是作者谦词，即坚持儒家道德准则的读书人，意指黄金难以改易读书人廉洁的志向。此诗前两句以坚定不移之辞一表心迹。后两句语气稍转委婉，却意味深长，"莫言暮夜无知者，怕塞乾坤有鬼神"，意指不要说黑夜里无人知晓这件事，恐怕堵住了天和地还有鬼和神无法蒙蔽。诗句中运用了东汉太守杨震暮夜拒金的典故，增加了全诗的说服力和感召力。李汰以千年前的杨震为榜样，彰显了作者的人格品位。可以想象，在这样坚定的拒贿者面前，任何行贿的人只能自讨没趣。全诗干脆利落，无一点扭捏之态，正气凛然。

在"义利源头"即大是大非面前，在"暮夜无知者"的情形下，确实考验且检验一个人的道德品质。古代儒家提倡"慎独"，即在闲居独处无人监督之时，更须谨慎从事，自觉遵守各种道德准则。如果说，古代的杨震、李汰诸君已能达到"慎独"这一道德修养标准，那么，不更值得今天的为官从政者们学习、继承和发扬么！

善恶从来报有因

明·兰陵笑笑生

善恶从来报有因①，

吉凶祸福并肩行。

平生不作亏心事，

半夜敲门不吃惊②。

【作者简介】

兰陵笑笑生，明代人，长篇小说《金瓶梅》的作者。其真实身份一直众说纷纭，至今尚未定论，成为文学界、史学界研究的课题。

【注释】

① 报有因：即因果报应，佛教用语，说今生种什么因，来生结什么果，善有善报，恶有恶报。

② 吃惊：受惊，承受惊吓。

【点评】

被誉为古代"第一奇书"的《金瓶梅》，也叫《金瓶梅词话》，明代万历年间刊行，作者为兰陵笑笑生。其真实身份至今没有定论。该书以西门庆、潘金莲、李瓶儿、春梅等人的故事为线索，描写西门庆勾结官府，恣意妄为，纵情享乐，以至破败灭亡的历史，暴露了明代社会的黑暗和腐败。此诗选自《金瓶梅》第四十七回，并以诗中的第一句作为诗题。

　　先看此诗第一、二句，"善恶从来报有因，吉凶祸福并肩行"，这两句连贯地体现了作者的善恶观，说的是在社会上、生活中为善和作恶都存在着因果报应，吉凶祸福历来总是紧挨着发生的。"并肩"比喻行动一致。佛教主张因果报应，认为种瓜得瓜，种豆得豆，善有善报，恶有恶报。其中蕴含着积极意义，即劝诫人们要从善、莫作恶。吉凶转化、祸福相依本身符合生活的辩证法。《老子》五八章曰："祸兮福之所倚，福兮祸之所伏。"即祸福相互依存、相互转化。作者为什么要作这方面的宣扬呢？诗的前半首的造势和铺垫是为后半首的主题服务的，这是作者的良苦用心，即"平生不作亏心事，半夜敲门不吃惊"。说的明白透彻，进一步劝诫人们秉持善心的前提下，"不作亏心事"，只有这样，才能坦坦荡荡，泰然自若，吃得香睡得稳。否则，昧着良心做亏心事，整天担惊受怕，恐惧不安，何来幸福生活？

　　此诗在写作上有其特色。它先将佛教和古代辩证法的道理放在前面，以增加强烈的说服力，继而自然而然地引出主旨"不作亏心事"，避免了空洞苍白的说教，从而达到扬善的效果。

非义一毫君莫取

明·无名氏

世间万物皆有主^①，
非义一毫君莫取^②。
总然豪杰自天生^③，
也须步步循规矩。

【注释】

① 主：权力或财物的所有者。

② 非义：不正当，不合理，不正义。

③ 总然：总通纵。即纵然，即使。

【点评】

这是一首无名氏所撰写的七言古风。在我国浩如烟海的诗词宝库中，有着许多无名氏的作品。尽管未留姓名，但仍不失其美学和艺术价值，流传至今而不衰。"非义一毫君莫取"诗就属于这一类，它留给后人深刻的启迪。

首句"世间万物皆有主"的"主"是泛指，即物的所有者。细细读来，感到此诗句含有资本主义社会的物权思想，即私有财产不受侵犯的含义。随着社会发展，到了明代，我国封建社会出现了一些资本主义的萌芽，作者具有这一思想并不奇怪。次句"非义一毫君莫取"与前句存在因果关系，既然万物有主，因而非义莫取，即使一丝一毫也不行。如果说，对于一般人物可以这样要求，那么对于英雄豪杰呢？三、四句明确指出，即使是英雄豪杰，也必须遵循规矩，而且应该时时处处循规蹈矩。末句中的"须"字下得精确，意为必须、应当，颇有些现代法律意义上的刚性规定。从当今法治社会来讲，"法律面前，人人平等，"规矩就是指法律和规章制度，英雄豪杰自然也不能例外。

此诗写得既坚决又委婉，含有谏诤意味。据记载，明太祖朱元璋起义初期，有一次渡江时船桅折断，见江边神庙里有树，便派人砍伐。庙里和尚对朱元璋说："神签颇灵，可问之。"朱抽得一签，上面写有这首诗，朱就命令停止砍伐。可见，此诗具有强烈的说服力、规劝性。

当前，对为官从政者强调"非义一毫君莫取"，意义非浅，这是法律和道德上的双重要求，为官者皆应遵循。

食禄乘轩着锦袍

明·无名氏

食禄乘轩着锦袍①,岂知民瘼半分毫②。
满斟美酒千家血,细切肥羊万姓膏③。
烛泪淋漓冤泪滴,歌声嘹亮怨声高。
群羊付与豺狼牧④,辜负朝廷用尔曹⑤。

【注释】

① 禄:俸禄,古代称官吏的俸给。轩:古代一种有帷幕而前顶较高的车,此指官吏们乘坐的华贵车辆。

② 民瘼:老百姓的疾苦。

③ 千家血、万姓膏:即民脂民膏,比喻老百姓血汗换来的财富。

④ 牧:放牧,在此比喻治理、统治老百姓。

⑤ 尔曹:你们这些人。

【点评】

这是一首谴责贪官污吏的诗,诗中既有无情的揭露,又有辛辣的讽刺,读后令人义愤填膺。据记载,明代湖北地区的一个知府,贪婪成性,残害百姓,自己过着荒淫无耻的生活,有人便写了这首诗予以声讨。

首联开门见山,犀利的锋芒直指那名贪官,揭露其安享国家的俸禄,高车驷马,锦衣华服却丝毫不问百姓疾苦的丑行。此联采用先声夺人的手法,引起激愤。颔联递进一步,揭露了贪官的穷奢极侈、花天酒地的行径。岂不知,那美酒就是百姓的血汗,那佳肴就是百姓的脂膏。颈联更进一步,将烛台滴泪的蜡炬喻为百姓的冤泪,将轻歌曼舞中的歌舞之声喻为百姓的怨声。此两联采用对比的写作手法,更增强了揭露贪官丑恶面目和罪恶行径的力度,使人愤恨贪官污吏的程度进一步加深。尾联"群羊付与豺狼牧,辜负朝廷用尔曹",意指将百姓交给如豺狼般的贪官来统治,真是辜负了朝廷对你们这些人的重用和信任。此诗用词凝炼生动,比喻贴切,对比鲜明,具有很强的批判力度。

如果将此诗末句中"朝廷"一词改为"国家",完全可以用于对现代贪官污吏们的谴责、嘲讽和声讨。可见,一首好的诗有着强盛的生命力,不受时空的限制,时至今日,仍能发出强烈地回响。同时,我们还能看到,无论是古代还是现代,对于不问百姓疾苦、只知自己享受的贪官们,人民群众是深恶痛绝的!

第五辑　清　代

山居杂咏

清·黄宗羲

锋镝牢囚取次过①,依然不废我弦歌②。

死犹未肯输心去③,贫亦其能奈我何!

廿两棉花装破被,三根松木煮空锅。

一冬也是堂堂地④,岂信人间胜着多⑤?

【作者简介】

黄宗羲(1610～1695),明清之际思想家、史学家,字太冲,号南雷,学者称梨洲先生。浙江余姚人,其父为"东林"名士,被魏忠贤陷害而死,他领导"复社"成员坚持反宦官权贵的斗争。清兵南下,他召募义兵,进行武装抵抗。明亡后隐居著述,屡拒清廷征召。学问极博,对天文、算术、乐律、经史百家以及释道之书,无不研究,史学上成就尤大。在哲学、文学等方面皆提出过进步观点。著有《宋元学案》《明儒学案》《明夷待访录》《南雷文案》等,后人编有《黄梨洲文集》。

【注释】

① 锋镝:锋是刀刃,镝是箭头,泛指兵器,也比喻战争。取次:陆续。

② 弦歌:指礼乐教化。

③ 输心:在心志上服输。

④ 堂堂地：形容有志气或有气魄。

⑤ 胜着：取胜的计谋、手段。

【点评】

黄宗羲是明末清初伟大的思想家、史学家。面临清贫的生活和险恶的境遇，作者始终固守着一腔浩然正气。这首七律，从一个侧面显示出作者高贵脱俗的精神风貌。

首联"锋镝牢囚取次过，依然不废我弦歌"，表明无论是烽火岁月还是牢狱经历，诗人依然坚守着崇高的理想。"弦歌"指礼乐教化，在此引申为精神境界。诗一开头，作者直抒胸臆，一派奇情壮采，坚强且何等乐观！颔联"死犹未肯输心去，贫亦其能奈我何"，进一步表明作者面对死亡考验和贫寒摧折，清操愈厉，意志愈坚，义无反顾，毫不动摇。这绝不是表面文章，完全是真实写照。作者父亲黄尊素因弹劾奸臣魏忠贤而被迫害致死，时年十九岁的黄宗羲进京为父伸冤，与宦官势力作殊死斗争，在公堂之上出锥击伤主谋，并追杀凶手，被皇帝称为"忠臣孤子"，此事京城传诵，大快人心。抗清失败后，作者隐居著述，屡征不赴，宁肯清贫，不屑浊富。颈联作者以幽默的笔法、轻松的情调叙述日常生活中破被空锅等极其艰苦的状况，表明作者穷且愈坚、乐以忘忧的操守。尾联作者坚信，只要自己堂堂正正做人，保持气节，那么终能战胜人间任何艰难困苦，包括腐朽势力及无耻小人的明枪暗箭。

此诗的主旨在于宣扬富贵不淫、威武不屈、贫贱不移的气节，作者的匠心在于咏志抒怀。诗固佳矣，其人其事，尤值得后来人学习和颂扬。

家　书

清·张　英

一纸书来只为墙①，
让他三尺又何妨。
长城万里今犹在，
不见当年秦始皇。

【作者简介】

　　张英(1637～1708)，清安徽桐城人，字敦复，号乐圃。康熙进士，累官至文华殿大学士兼礼部尚书。曾任《一统志》《渊鉴类函》《政治典训》《平定朔漠方略》总裁，著有《周易衷论》等。

【注释】

　　① 墙：在此指院墙基地。

【点评】

　　这是一封以诗的形式写回老家的书信，诗意盎然，情意真切。信的背后有着一段故事，故事中包含的道理，值得我们深思。

　　据《桐城县志》记载，康熙时期，张英在朝做官，其老家人在建院墙时，与邻居吴家在宅基地界定上发生争执，张英在京城接到家信，得知事情原委后，便以此诗回复。首句直奔主题，写信就是为了解决宅基地的纠纷。次句表明自己的立场和态度,直截了当地提出解决问题的办法:让他三尺。请注意,关键在于一个"让"字,这一让,显示了风格和境界。三、四句作者以历史上的人事作对比,即黎民百姓血汗筑成的万里长城今天依旧巍然屹立,而当年不可一世的秦始皇却杳然不知踪迹。弦外之音是,房屋、宅基地等等都是身外之物,没有必要为此斤斤计较、争吵不休。张英家人接信后遵嘱,主动在争执线上退让三尺垒墙。吴家深为感动,亦退让三尺建宅置院,六尺巷因此而成。今天,这里成了桐城一处历史名胜,而"让一让,六尺巷"也成了民间谚语。

张英和其子张廷玉均官至一品大学士,为官清廉,政绩卓著,是历史上著名的良相。张英妥善处理邻里纠纷的做法,不仅传为佳话,还为后世树立了良好形象:其一,坚决不与民争利的形象。张英位高权重,影响力强,但他坚持不以势压人,坚决不与民争利,宽广胸怀促使邻里和睦。其二,严格管好家人的形象。为官者如果管不住或管不好家人,不仅有辱家风,进而必定败坏纪纲,张英深谙此道。为此,他对家人谆谆教诲,切切告诫,不容家人存有丝毫以权谋私的念头。其三,精谋善断的形象。俗话说,清官难断家务事。张英则洞若观火,抓住事物要害,以一纸家书,巧用退让的办法赢得邻居的敬重,从而平息了纷争。

古北口①

清·爱新觉罗·玄烨

断山逾古北②，

石壁开峻远。

形胜固难凭，

在德不在险。

【作者简介】

爱新觉罗·玄烨(1654～1722)，清代皇帝，即清圣祖，年号康熙，在位六十一年，采取了一些有利于恢复和发展社会生产的措施，平定了"三藩之乱"，在台湾建立行政机构，击败侵入中国黑龙江流域的沙俄侵略军。从1690年起，三次出兵平定和沙俄勾结的准噶尔首领在青海、新疆和西藏发动的叛乱，进一步巩固了多民族封建国家的统一。进行全国性土地测量，制定历法，开博学宏词科，发展农业生产。

【注释】

① 古北口：长城的隘口，在今北京怀柔与承德交界处。

② 逾：越过。

【点评】

此诗具有高屋建瓴之势，高瞻远瞩之思。前两句是叙写，古北口作为万里长城的一个关隘，建筑在悬崖峭壁之间。作者以"逾古北"和"开峻远"显示出：不仅古北一处关口阻隘，长城一带都是地势险峻，由点到线地反映长城之"形胜"。诗的后两句是议论，险阻关隘是靠不住的，国家的长治久安关键在于统治者的德行、德政。

康熙曾说："秦筑长城以来，汉、唐、宋亦常修理，其时岂无边患？明末我太祖统大兵长驱直入，诸路瓦解，皆莫能当，可见守国之道，惟在修德安民。"《古北口》一诗，是康熙以诗歌形式表达他的治国理念。

孔子在《论语》中反复强调要"为政以德"，"政者，正也"，"其身正，不令而行"，为政者要凭借自身的优良品德来感召、教化，推行政治，治理国家。《孟子·公孙丑下》论述了"天时不如地利，地利不如人和"的观点，强调"域民不以封疆之界，固国不以山溪之险，威天下不以兵革之利"，边界、地势乃至武力最终都是靠不住的，关键在"人和"，在人心向背，而"得道者多助，失道者寡助"，重民生，行仁政，才能得民心，得人和，这是治国平天下的根本。

康熙执政以后，禁止贵族圈地，鼓励民众垦荒，治理黄河水患，发展农业生产，采取了一些缓和社会矛盾、减轻百姓负担的措施，又几次亲征，平定叛乱，抗击侵略，形成并巩固了多民族大一统的局面。应该说，康熙继承了孔孟学说中"为政以德"和"仁政"的思想，践行了"形胜固难凭，在德不在险"的理念，他在位六十一年，开启了"康乾盛世"。此诗虽小，却有着很大的借鉴性、启发性。

书座右（节选）

清·王懋竑

长堤溃蚁穴，
君子慎其微。
生平操持力[①]，
不敌一念非[②]。

【作者简介】

王懋竑（1668～1741），字子中，清宝应（今属江苏）人。康熙进士，雍正元年以荐授翰林院编修，入上书房行走。一生精研朱子之学，身体力行，时称小朱子之目。校定《朱子年谱》，著《白田杂著》八卷，《白田草堂存稿》二十四卷，于朱子文集、语类考订尤详。

【注释】

① 操持力：坚持修炼的功力。
② 非：非分之想。

【点评】

这首小诗是作者用以警示自己的座右铭。

千里长堤，挡水防洪，可谓固矣；蝼蚁之穴，极不起眼，可谓小矣；但是，如果不及时清除蚁穴，消除隐患，那么，蚁穴变漏洞，漏洞变缺口，千里长堤就会因此而崩溃垮塌。

此诗一、二句通过形象的比喻来论证君子要谨慎，三、四句则出于抽象的议论。在品行方面长期磨炼修养的功力，可能因一个错误的念头没克服而前功尽弃。平生操持之力，如同千里之堤；一念之非，如同蝼蚁之穴。错误之念、非分之想若不及时纠正，则长期修炼筑起的思想堤坝，就可能毁于一旦。

此诗通过借喻和议论来说明"君子慎其微"的主题，用词上虽质朴平直，哲理上却入木三分，它给我们的启示主要有三点：

其一，要慎微慎行。事物总是发展变化的，小与大、微与巨是可以互相转化；因其微小，人们往往掉以轻心。量变是个渐进过程，不易察觉，及至产生质变，小的变成大的，要想战胜已为时过晚。千里之堤溃于蝼蚁之穴，数尺之躯毁于小趾之疾；不虑于微，始成大患，不防于小，终亏大德；冰冻三尺，非一日之寒……这方面的格言，我们须时刻牢记。

其二，要善始善终。一辈子的"操持力"，会因后来的一念之非而"武功尽废"。古人云："靡不有初，鲜克有终"，"行百里者半九十"。廉洁自律难在持之以恒，难在"艰苦奋斗几十年如一日"。因此，我们既要"吾日三省吾身"，又要"活到老，学到老，改造到老"；既要警钟长鸣，又要善始善终。切不可功亏一篑，切不可半途而废，更不可晚节不保。

其三，要自警自律。王懋竑的这首短诗以"书座右"用来警示自己。制度、纪律的约束，上级、群众的监督，处分、判刑的查办，这些都必不可少，但这些都是外因，更重要的是内因，决定因素是本人的道德品质。各级领导干部尤要"常修为政之德，常思贪欲之害，常怀律己之心"，自重、自省、自警、自律，从而真正做到严于律己、修身正己。

题　帐

清·钱陈群

不寝常如枕有警^①，
屏私直似镜无尘^②。
题诗自有纱笼护^③，
留伴他时绛帐人^④。

【作者简介】

　　钱陈群(1686～1774)，字主敬，号集斋，又号香树居士，清浙江嘉兴人。康熙进士，雍正、乾隆间，历任乡试主考官、会试副主考官、顺天府学政、刑部侍郎、太子太傅、刑部尚书等职。清高宗曾与他谈论古今，称其为"故人"，并常有诗作唱和。

【注释】

　　① 枕有警：古人用圆木做成枕头，睡时容易觉醒。北宋名臣司马光曾以圆木为警枕，"少睡则转而觉，乃起读书"。

　　② 屏私：屏同摒，即排除、除去。屏私指排除私心杂念。

　　③ 纱笼护：用纱笼盖护。据《唐摭言》卷七)载，唐代王播少孤贫，寄食扬州惠昭寺木兰院，为众僧所厌恶而遭到"饭后钟"的非礼。后王播出任扬州刺史，重游木兰院，见昔日自己在寺壁上所题的诗句，已被僧人用碧纱盖护，因而题诗："二十年来尘扑面，如今始得碧纱笼。"

④ 绛帐：深红色的帐帏。后以"绛帐"作为师长或讲座的尊称。

【点评】

作者曾多次出任乡试主考官、会试副主考官、学政官，作为朝廷下派的视学官吏，在科举制度中责任重大，既要为国家选拔可用之材，又要做到公平公正，可谓万众瞩目，位高权重。那么，作者做得怎么样呢？此首题在视学官邸帐幕上的诗，很能表明作者的心志。

"不寝常如枕有警，屏私直似镜无尘"，诗一开头便意度非凡，既对仗工丽，又蕴蓄深刻。正因为视学官责任重大，因此每下榻一处便夜不安寝，犹如睡在警枕上，时时在思考如何做到不辱使命，不负众望。同时，还需反思自己的一言一行，一举一动，有否违反法度之处，有否受私心杂念的干扰，有否受说情风、行贿风支配等等。"直似"意为"公正、正直就象"，"镜无尘"说明作者在视学期间一尘不染、秋毫无犯，是真正经得住考验的！惟其如此，才得到了人们的普遍敬重，所题之诗"自有纱笼护"，在此作者运用了唐代官员王播在一贫一贵之际所受到的不同待遇的故事。不同的是，王播由于当了大官的权势使人产生畏惧，而作者却因品德的清正得到了人们的尊重。作者相信，自己的题帐诗对继任者肯定具有警示、鉴戒意味，完全可以"留伴他时绛帐人"。作者不仅赋诗明志，而且在自序中还提出，视学官员应主动要求下属接待从简，要以节俭为美德，并鼓励继任者将优良品德代代相传。

此诗流传至今，恰恰证明一首好诗具有深远的影响力和强大的感召力，同时亦证明为官者优良的品行对后世具有典范作用。而今，在各类考试中存在着种种作弊现象，在选拔各级干部时还存在着一些不公正做法，那么，此诗的启迪意义依然会长久地存在。

不畏人知畏己知

清·叶存仁

月白清风夜半时^①，
扁舟相送故迟迟^②。
感君情重还君赠，
不畏人知畏己知。

【作者简介】

  叶存仁，生卒年不详，清江夏（湖北武昌）人。雍正间任铜山知县，乾隆间任河南巡抚，官至河东河道总督，任内勘修水利，平反冤狱。据《咸宁县志》载："叶存仁为官三十余年，甘于淡泊，毫不苟取。"

【注释】

  ① 月白清风：指月色皓白、微风轻拂的夜晚。
  ② 扁（piān）舟：小船，一叶扁舟。

【点评】

  这是一首拒礼诗。面临僚属送礼，叶存仁并没有声色俱厉地谴责，而是动之以情理，晓之以大义，用委婉的方式达到拒礼的目的，显示了一派谦谦君子风度。

  首句即把人们引入幽静美好的夜晚，"月白清风夜半时"，意指皓月当空，微风轻拂，已至深夜时分。作者首先营造了一个清新静幽的氛围，着墨不多，却美不胜收。其美在传神，美在造境。"月白清风"从宋代苏轼《后赤壁赋》："有客无酒，有酒无肴，月白风清，如此良夜何"化出。次句"扁舟相送故迟迟"，"扁舟"指小船，"迟迟"有缓慢、拖延之意。据记载，叶存仁有次离任时，僚属在船上为他送行，大家依依话别，十分不舍。到了深夜，有一条小船划来，上载很多礼品，原来是僚属们为避人耳目，特地等到夜深人静之际才把临别馈赠礼品用小船送来。真是难为他们了！叶存仁见此情景，当即写下这首七绝诗。前两句说明原委，后两句则表明态度，"感君情重还君赠，不畏人知畏己知"，意指感谢大家厚重的情谊，退回礼品不是怕别人知道，而是怕昧了自己的良心。尤其是末句，字字千钧，柔中见刚，殊耐咀含，堪称警劲动人之句，具有深远的启迪意义。此诗语朴而情真，表凡而内秀，令人吟诵再三，余味不绝。

如何拒礼，特别是来自下属正常之礼，既需讲究艺术，又需追求效果。于己一方，要显示坦荡大方的胸襟；于人一方，不能置人窘迫、尴尬之境地。显然，叶存仁是做到了，从而留下了千古美谈。

时下，送礼之风仍盛，有的属于礼尚往来，有的属于溜须拍马，有的则居心叵测。如何妥善处置，特别是不接受任何影响自己公正执行公务的礼物，确实值得为官者们深思。

潍县署中画竹呈年伯包大中丞括^①

清·郑 燮

衙斋卧听萧萧竹^②，
疑是民间疾苦声。
些小吾曹州县吏^③，
一枝一叶总关情^④。

【作者简介】

郑燮（1693～1765），清书画家、文学家，字克柔，号板桥，江苏兴化人。早年家贫，应科举为康熙秀才、雍正举人、乾隆进士，曾任山东范县、潍县知县，后以助农民胜讼及办理赈济，得罪豪绅而罢官。擅画兰竹，以草书中竖长撇法运笔，体貌疏朗，风格劲峭。工书法，用隶体参入行楷，非古非今，非隶非楷，自称"六分半书"，为"扬州八怪"之一。工诗词，描写民间疾苦颇为深切，所写《家书》《道情》，自然坦率，为世称道，有《板桥全集》。

【注释】

① 潍县：今山东潍坊市。署：官署。年伯：科举制度中同榜登科者称"同年"，同年的父辈或父亲的同年尊称为"年伯"。包大中丞括：包括，浙江钱塘（今杭州）人，曾任山东布政使，署理巡抚。"中丞"在明清时期即为巡抚的别称。"大"表示尊敬。

② 衙斋：官衙中的书房。萧萧：形容风吹竹叶的声音。

③ 些小：微小，小小。吾曹：我辈，我们。

④ 一枝一叶：比喻老百姓的每件小事。关情：关心。

【点评】

郑板桥出身贫寒，具有深厚的"百姓情结"，做官后，仍然关怀和同情老百姓。他在潍县任县令时送给其上司一幅《风竹图》，并在画上题了这首诗。此诗表达了作者时刻心系百姓、关心民间疾苦的崇高情怀，成为一首流传当时、影响后世的著名诗篇。

作者擅长画竹，此七绝诗题在其上。首句以竹起兴，"衙斋卧听萧萧竹"，意为在官署的书房休息时听到风吹竹叶声，"萧萧"是象声词，用在诗句中使竹顿时有了灵动之势。第二句"疑是民间疾苦声"极为重要，起到前后呼应、承上启下之妙用，显示出作者对百姓的深厚感情和深切同情，使全诗亲民、爱民、恤民的主旨更加鲜明。作者在前两句从风吹竹子联想到民间黎民百姓受苦受难的呻吟，后两句即从客体转换到主体（自我），"些小吾曹州县吏，一枝一叶总关情"，意为我们这些官职低微的州县父母官，对老百姓的每件小事总是牵肠挂肚，寄托着深切的关心。说得何等真挚！这决不是郑板桥的自谦或自夸，其在为官任上，确实能关心和恤念老百姓的各种苦难，在灾荒年头为民请命，助农民胜讼及办理赈济，不怕得罪豪绅等等，这充分说明作者是言行一致的。特别是郑板桥将这样的诗和画呈送给自己的上司，寄意中既含有共勉，又含有劝谕之意，真是难能可贵，怎不令人肃然起敬！

此诗在写作上颇具特色，出语自然真率，丝毫不留斧凿之痕，意趣高深，显示出郑板桥作为文学大家的品位。

此诗的教育意义不言而喻。郑板桥是一位封建时代的官吏,心里始终牵挂着老百姓的疾苦,很值得当代领导干部学习和仿效。如何真正做到权为民所用,利为民所谋,情为民所系,确实需要我们每个为官从政者认真思之、察之、省之、贯之。

竹　石

清·郑　燮

咬定青山不放松①，
立根原在破岩中②。
千磨万击还坚劲③，
任尔东西南北风④。

【注释】

①　咬定：咬紧着不松口，比喻竹根扎得很深很实。

②　破岩：破碎的岩石。

③　千磨万击：千万次地折磨袭击。还：仍然，依旧。坚劲：坚定强劲。

④　任：任凭。尔：你。

【点评】

　　这是郑板桥题在《竹石图》上的一首七绝诗。通过对岩竹的赞美，表现出作者顽强刚劲的风骨。同属于画竹上题诗，此诗与作者另一首《潍县署中画竹呈年伯包大中丞括》稍有不同，前者体现了作者执政理念，后者体现了作者的处世信念；前者诗风委婉，后者诗风刚劲。

　　首句气势充沛，犹为天外角声，"咬定青山不放松"，意指挺拔的竹子傲岸地耸立青山。一个"咬"字，很见功力和份量，顿使全篇生色增辉。次句"立根原在破岩中",意指竹子原本就扎根在破碎的岩石之中。正因为如此,它才能"咬定青山"。一、二句相互呼应,营造壮阔的意境,并为后篇作好铺垫。第三句"千磨万击还坚劲",意指竹子经过无数次地打击折磨依旧坚劲挺拔。好一个"还"字,表明竹子秉持着刚强坚韧,不因打击而消沉,不因折磨而软弱。末句乃全篇的高潮,"任尔东西南北风",意指任凭你东西南北风狂吹猛刮,竹子依然岿然不倒!很显然,作者在热情讴歌竹子之际,实际上将自己的正直倔强的人格淋漓尽致地写出,以诗言志,以诗壮怀,以诗践行。纵观作者的一生,他完全可以自比岩竹。郑板桥诗、书、画"三绝",此题写画竹之作,自然可以当"诗"之绝。

联系当前开展反腐倡廉建设的实际,此诗无疑有着深刻的启示。面临严峻的反腐败形势,我们应当坚定而不动摇,持久而不松懈,强劲而不盲动。坚持数年,真抓实干,何愁党风不正、世风不纯!

题 画 竹

清·郑 燮

宦海归来两袖空，
逢人卖竹画清风①。
还愁口说无凭据，
暗里脏私通鲁东②。

【注释】

① 卖竹：指卖自己所画的竹。画清风：画出竹子清正廉洁的高风亮节。

② 脏私：贪污受贿。

③ 鲁东：山东，狭指郑燮在山东范县、潍县等地做官的区域。

【点评】

郑板桥是清代著名书画家，曾画有多幅竹子图，每幅画布局构思上都力求创新，题诗也主张"自写性情，不拘一格。"此诗是其逝世那年(1765)所作的题画竹诗，旁有小注曰："板桥老人郑燮自赞又自嘲也。"此诗风格与前两首即《潍县署中画竹呈年伯包大中丞括》《竹石》诗又有所不同，充满了幽默、诙谐气味，确实属于既自赞又自嘲，读后使人们对郑板桥的性格品质又有进一步了解。

首句"宦海归来两袖空","宦海"指官场、仕途。意为从官场辞职回家两袖空空,"两袖空"指做官廉洁,不贪不沾。元代黄溍诗曰:"但见清风两袖宽",魏初诗曰:"两袖清风一束诗",明代于谦诗曰:"清风两袖朝天去",诗句都是一个意思,均从前贤诗句脱化而来。次句紧按上句又递进一步,"逢人卖竹画清风",意指遇到人们就售卖自己以竹为题材的作品,而其中表现了竹子的高风亮节。郑板桥一生不仅爱竹,而且咏竹,赞竹,画竹,更是处处以竹自比,固守清正廉洁、宁折不弯的节操。他辞官归乡后,以作书卖画为生,过着清贫的生活,他却十分乐观地说"家有贤妻我不贫"。尽管如此,郑板桥在晚年还是担心别人无端怀疑,因此在诗的三、四句调侃道:"还愁口说无凭据,暗里脏私遍鲁东"。意指还是担心口说无凭,以为我在山东做官时暗地里贪污受贿了许多钱物呢。此诗前两句是自赞,后两句是自嘲。字面上虽然轻松洒脱,却包含着盖棺论定的沉重,从而折射出郑板桥人格作风的高尚、真诚。

当今,全面推进反腐倡廉建设,十分需要每个领导干部以身作则,做到他律自律相结合,自省自警相补充,构筑起坚实的道德防线和法律防线,向人民群众交上一份廉洁的人生答卷。

官箴诗
（其一）端表率①

清·齐召南

数郡奉一长②，言行众所瞻。
察吏苟无术③，何贵清与廉？
水懦固溺人④，亦勿空炎炎⑤。
端居彻屏蔽⑥，视听周闾阎⑦。

【作者简介】

齐召南(1703～1768)，清学者，字次风，号琼台，晚号息园，浙江天台人。乾隆元年举博学宏词，授检讨，历官至礼部右侍郎。一生著作甚丰，著有《礼记注疏考证》《前汉书考证》《水道提纲》等书，又有《宝纶堂文钞·诗钞》。

【注释】

① 端表率：品行端正，起榜样作用。

② 数郡：几个县。

③ 苟：假使；如果。

④ 懦：软弱无能。

⑤ 炎炎：形容夏日阳光强烈，引申为威势显赫。

⑥ 彻：通"撤"，撤除，取消。

⑦ 闾阎：泛指民间老百姓的居住区，也指平民百姓。古时

二十五家为一闾,老百姓居住的区域为闾里。

【点评】

官箴诗即是规劝告诫官员们的诗。清代学者齐召南作了十首这样的诗,在此选其一"端表率",诗中劝诫官员们须品行端正,起典范作用。

此诗一、二句告诫执掌几个县的长官们,自己位高权重,一言一行、一举一动都被属下注意。因此,言传身教、做好表率作用十分重要。三、四句"察吏苟无术,何贵清与廉",问得真好!考察进而治理官吏如果不讲究策略和方法,又怎么来体现一个官员清正廉洁品行的极端重要呢?作为一名长官,以身作则固然重要,同时还要能够管理好下属官吏,如果对下属失察,也就是失职。五、六句进一步告诫官员,须严肃纲纪,切忌软弱无能;同时也不可骄惯跋扈、目空一切。"水懦固溺人"一句从《韩非子·内储说上七术》"火形严,故人鲜灼;水形懦,故人多溺"引申而成,意指缺乏威严和规矩,会遗害无穷。七、八句"端居彻屏蔽,视听周闾阎",意指撤除屏风的遮挡以便端正自己的位置,更好地观看和听取周边平民百姓的情况。"彻"通"撤",屏蔽具有多层含义,既可指屏风遮挡,也可象征浮云蔽日。而撤除了屏蔽,便增加了公开透明度,促使言路通畅,政情通达。

后人赞誉齐召南的官箴诗为至理名言,这个评价并非过誉。诗中所告诫官员们要做到以身垂范、治吏有术、清正廉洁、执政透明、关注民生等等,这些进步理念即使到了当代也是完全适用的。史书记载,齐召南自幼聪颖过人,博学强记,其《官箴诗》流传至今,亦说明后人对他的认可。

送张明府①

清·李怀民

在县常无事②,
还家只有身③。
随行一舟月,
出送满城人。

【作者简介】

李怀民,生卒年不详,约在乾隆、嘉庆年间,原名宪噩,以字行,号石桐,又号十桐、敬仲。清山东高密人,与弟宪暠、宪乔同以诗名,著有《重订中晚唐诗主客图》《石桐诗钞》《石桐先生诗钞》《十桐草堂集》等。

【注释】

① 明府:汉代时郡守的尊称,唐代以后专用以称呼县令。

② 无事:指张县令在任内治理有方,政简民安,显得十分轻松从容。

③ 只有身:两袖清风,不贪财物。

【点评】

这是一首五绝,在如此短小的篇幅里,却塑造一个崇高的清廉形象,包含了深刻的哲理。这让人既惊叹于此诗有以小见大、以一当十的特点，更钦佩于作者驾驭文字的能力。

诗题为送张明府，即送别张县令，至于张县令其人其事，而今则无从考证。首句"在县常无事"写得别出心裁，作者没有正面歌颂，却用"常无事"来说明张县令具有高超的治理能力。初想，颇有些无为而治的味道，细思之，古时的县令，既主行政，又管司法，事无巨细，均需本人定夺，如果平时不把基础工作做好做实，能有"常无事"的洒脱吗？"无事"的局面正是通过处置许许多多的"有事"换来的。次句与首句相对仗，"还家只有身"每天回到家时，只是孑然一身，别无他物。可见，张县令是个不贪不沾、严于律己的官员。此诗前两句并没有出现"清正廉洁"的字句，却充分展现了一名清官的形象。可谓胸有万卷，笔无点尘。三、四句"随行一舟月，出送满城人"同样是对仗工整，含蓄简远，进一步刻画了张县令的儒雅风度和深得民心的风采。作者只是截取了一个场景即送别张县令的场景：他依然一如既往，轻舟简从，而与之告别的则是满城的黎民百姓。做个基层的县令，能切实做到简政安民、清廉仁慈是多么可贵。为官一任，造福一方，换来的是由衷的称赞。

此小诗句句自然平淡，却是字字锤炼有度，其意境韵致诚能敌大块文章。后人评价作者的五绝诗"共五言朴而腴，淡而永，苦思而不见痕迹，用力而归于自然。五言中含不尽之意，五言外有不尽之音"，完全是公正公允之论。

为官从政而得到了老百姓的拥戴和夸奖，这既检验了执政能力，亦显示出德行品位，更树立起表率楷模，留给后人多方面的启示。

谒岳王墓①

清·袁 枚

江山也要伟人扶②，
神化丹青即画图③。
赖有岳于双少保④，
人间始觉重西湖。

【作者简介】

袁枚(1716～1798)，清诗人，字子才，号简斋、随园老人，浙江钱塘(今杭州)人。乾隆进士，曾任溧水、江浦、沭阳、江宁等地知县。勤勉为官，为民造福，廉洁奉公，声誉颇佳，辞官后侨居江宁，筑园林于小仓山，号随园。诗多以新颖灵巧见长，又能文，所作书信颇具特色，有《小仓山房集》《随园诗话》《子不语》等。

【注释】

① 谒(yè)：到陵墓致敬。岳王墓：即岳飞的坟墓。

② 江山：江河和山岭，即大自然的山水。

③ 神化：出神入化，形容技艺高妙到了极点。丹青：朱砂和石青，是中国古绘画中常用的颜色。

④ 岳于双少保：指岳飞和于谦，他俩曾官封少保。

【点评】

作者袁枚是钱塘(今浙江杭州)人,某日去西湖拜谒岳飞墓,面对西湖秀色,追忆英雄业绩,不免诗兴大发,感慨顿生。

首句"江山也要伟人扶",写得十分凝重,即山水也需要杰出的人物扶持,也可以理解为国家社稷也需要杰出人物扶持,出句不凡。次句"神化丹青即画图",指的是西湖的天然景色已入化境,本身就是一幅美不胜收的画图。作者是来谒墓的,为什么要对眼前景色来一番议论呢? 这是富有深意的,作这番铺垫是为了彰显作者心中的崇敬之情,三、四句"赖有岳于双少保,人间始觉重西湖"即道出了原委,这是因为仅有西湖的自然景观是不够的,还需要人文景观的支撑,如此方能相得益彰,景观的内涵才能体现,特色才能凸显。天下人之所以开始更加敬重西湖,觉得高山仰止、景行行止,主要是西湖畔有了岳飞和于谦的祠庙和坟墓(岳飞葬于西湖的栖霞岭下,于谦葬于西湖的三台山中),岳飞和于谦,一为南宋的民族英雄,一为明代的民族英雄,两人都是一身正气、一尘不染的清官,又都是遭到昏君、奸臣陷害致死,历代受人敬仰和纪念。明代诗人张煌言诗云:"日月双悬于氏墓,乾坤半壁岳家祠",概括十分精辟。它表明,人民心中有杆秤,孰忠孰奸墓前分。

青山有幸埋忠骨,忠魂与山河同在,英灵与哀思共存,当游人在饱览欣赏西湖的青山绿水之际,又能发一番思念之情,心灵必然受到洗礼和熏陶。作者只是在谒墓时,以一人之领悟道出万人之心愿。同时,作者作为清官廉吏,对于前贤,其仰慕之情更别有一番意义。

此诗激励着后来的为官从政者,要力争做一名清官、好官。试问,有什么比人民的敬仰还重呢?

送林少穆尚书出塞^①（选一）

清·韩　崇

中外推清节^②，儿童仰重名。
救灾吴惠父^③，却敌粤长城^④。
终见浮云散，难遮皓月明。
回翔应不远，大事待持衡^⑤。

【作者简介】

韩崇（1783～1860），字元芝，号履卿，清元和（今属江苏苏州）人。曾任山东雒口批验所大使，有《宝铁斋诗录》。

【注释】

① 林少穆：林则徐，字少穆。尚书：古代官名。明清两代是政府各部的最高长官。林则徐曾任巡抚、总督一级的官职，相当于尚书。

② 清节：公正廉洁的节操。

③ 惠父：仁和慈祥的父亲。

④ 长城：在此比喻坚强雄厚的力量，不可逾越的屏障。

⑤ 持衡：在此指公平公正的处置。

【点评】

1839 年（清道光十九年），林则徐作为钦差大臣赴广东查禁鸦片,他积极筹备海防,倡办义勇,率领军民屡次打退英国军队的武装挑衅,谱写了近代史上中国人民反对帝国主义的光辉篇章。然而,腐朽没落的清王朝却被英军的坚船利炮吓破了胆,无耻地向侵略者屈膝求和。为讨好英帝国,道光皇帝竟下令将林则徐革职,流放到新疆伊犁。作者闻讯赋诗为林则徐送别。诗中盛赞了林则徐的高风亮节和卓越功绩,为其不公正遭遇大鸣不平。在此,选其中一首试评之。

首联"中外推清节,儿童仰重名"是对林则徐总的评价。林则徐不仅是坚贞不屈的爱国英雄,更是两袖清风的廉洁官吏,他一生历官十四省,为底层百姓做了很多实事,男女老幼都敬仰其名声。颔联"救灾吴惠父,却敌粤长城"是举实例赞颂了林则徐的丰功伟绩。林在担任江苏巡抚时,适逢苏州等地屡遭水灾,林为抗灾救民,恢复生产生活日夜操劳,并奏请朝廷减免赋税,缓征漕粮;后来,林到广东查禁鸦片,正气凛然,虎门销烟彪炳青史。鸦片战争爆发时林任两广总督,他严密设防,使英国侵略者在广东无法得逞。赞美其为"吴惠父"、"粤长城"是当之无愧的。颈联和尾联是作者的殷切期望,作者坚信身处逆境的林则徐很快就会重返政治舞台,为国为民再建功勋。"浮云"指奸佞小人,清廷中的投降派琦善之流借机肆意诬陷林则徐,可谓浮云蔽日。此诗爱憎分明,情真意切,代表了当时老百姓的心声。

此诗使林则徐的形象更加鲜明、丰满。它表明:一个清官、好官,即使在蒙难时,也能得到黎民百姓的赞颂和拥戴。因为历史是由人民书写的,历史是由人民造就的。

赴戍登程口占示家人

清·林则徐

力微任重久神疲,再竭衰庸定不支^①。
苟利国家生死以^②,岂因祸福避趋之。
谪居正是君恩厚,养拙刚于戍卒宜。
戏与山妻谈故事^③,试吟断送老头皮^④。

【作者简介】

林则徐(1785～1850),清末政治家,字元抚、少穆,福建侯官(今福州)人。嘉庆进士,早年任东河河道总督、江苏巡抚时,整顿吏治,平反冤狱,兴修水利,成效卓著。1838 年任湖广总督时被派为钦差大臣,次年赴广东禁烟,销毁鸦片 237 万余斤。1840年英国发动侵略战争,他多次击退敌军。后由于投降派诬害被革职,充军新疆。在新疆兴办水利,开垦农田,1845 年被重新起用,1847 年任云贵总督,1850 年病逝于广东潮州。有《林则徐集》。

【注释】

① 衰庸:身体衰弱,能力平庸。在此是谦辞。

② 苟利国家生死以:出于《左传》,春秋时郑国大夫子产推行改革,遭到保守势力的攻击,他说:"何害?苟利社稷,死生以之。"苟:假使,如果,在此引申为只要。

③ 山妻：对自己妻子的谦称。

④ 断送老头皮：即有关宋真宗召见隐士杨朴的故事。典出宋代苏轼《志林》："宋真宗闻隐者杨朴能诗，召对，问：'此来有人作诗送卿否？'对曰：'臣妻有一首云：更休落魄贪杯酒，亦莫猖狂爱咏诗，今日捉将官里去，这回断送老头皮，'上大笑，放还山"。

【点评】

林则徐是清代著名的民族英雄。清道光十九年（1839）林则徐作为钦差大臣，赴广东查禁鸦片。从 19 世纪 30 年代开始，鸦片问题成了一个严重的社会问题，不仅毒害了广大黎民百姓，也侵蚀了清王朝业已千疮百孔的肌体。到广州后，林在短时间内收缴了鸦片两万多箱，并在虎门全数销毁。同时，组织当地军民，在广东海面七次击退了英国侵略者的武装挑衅。1840 年 6 月，中英第一次鸦片战争爆发。在侵略者炮火威胁下，腐朽怯弱的清王朝屈膝求和，并降罪于禁烟抗英的林则徐，将他罢官贬谪，充军到新疆伊犁。道光二十二年八月十一日，林则徐在西安告别前来送行的家人时，作诗二首，本诗是第二首。"口占"，即随口吟诵而成。

首联意为我能力低微而担负重任，长期以来深感精疲力乏，再要全力以赴，已很难支撑了。颔联笔锋骤转：只要有利于国家，我完全可以献出生命，怎么能因为有灾祸就逃避、有福禄就迎受呢？林则徐因功获罪，却丝毫不计较个人得失安危，这是多么宽广的胸怀！颈联意为被遣戍远方正体现皇恩浩荡，这是谪臣获"罪"后无奈的表态。尾联以同妻子笑谈宋真宗召见杨朴的故事告诉家人对自己的境况不必忧虑。从中看出林则徐身处逆境还保持旷达幽默的大家风范。

本诗的主旨落在颔联上，这体现了作者的人生观、价值观。正因为具有这样的精神品质，林则徐才能够成为抗击外国侵略的民族英雄和革新图强的政治家。"苟利国家生死以，岂因祸福避趋之"，此联激励着一代又一代的为官从政者，为了天下兴亡，为了黎民百姓，不惜赴汤蹈火、以身许国。

罢　郡①

清·蔡信芳

罢郡轻舟回江南，
不带秦川一点棉②。
回看群黎终有愧③，
长亭一别心黯然④。

【作者简介】

蔡信芳，生卒年不详，清湖南善化人。道光年间曾任陕西蒲城知县，任内清正廉洁，颇有政声。

【注释】

① 罢郡：卸去担任的职务。

② 秦川：指陕西关中平原。

③ 群黎：众多黎民百姓。

④ 黯然：心情不愉快、情绪忧伤低落的样子。

【点评】

作者在道光年间担任陕西蒲城知县，任内清正廉洁，为百姓做了不少好事。离任之日，众多黎民百姓夹道相送，苦苦挽留。此情此境，让作者十分感动，赋诗相赠。

此诗一、二句表明自己不贪不沾，卸任回江南只是一叶轻舟。关中盛产棉花,自己却秋毫无犯,完全是干干净净做事,清清白白做官。在廉洁从政问题上,作者问心无愧。三句写得十分真诚,"回看群黎终有愧",作者"有愧"什么呢?这里有三层含义,一是自己在关心民瘼、体恤民疾方面做得不够,有愧;二是有些想做的事由于主客观因素没有来得及做或没有做得更好些,有愧;三是自己受到黎民百姓如此厚爱,有愧。作者的"有愧"不是作秀,而是真情流露,体现了作者的执政理念和高尚境界。为官者这种有愧于民的心情在历史上时有出现,譬如,唐代大诗人白居易见到农民们终日辛勤劳作却生活极度悲苦,作诗云:"念此私自愧,尽日不能忘";宋代大文豪苏东坡诗云:"自惭禄位者,曾不事农作",表达的是同一种心情,即"悯农愧民"。末句作者将长亭离别的惆怅表达得淋漓尽致,营造出"此时无声胜有声"的氛围。此诗以明白流畅取胜,有利于自己的真情实感的袒露。

"回看群黎终有愧"具有现代公仆意识。各级领导干部不仅需要廉洁从政,还需要时刻保持有负百姓、有愧于民的心情。只有这样,才能在为官任上,十分自觉地为民做好事、办实事、解难事,将此视作从政的最高目标。

己亥杂诗① （其五）

清·龚自珍

浩荡离愁白日斜②，
吟鞭东指即天涯③。
落红不是无情物④，
化作春泥更护花。

【作者简介】

龚自珍（1792～1841），清末思想家、文学家，一名巩祚，字璱人，号定盦（ān），浙江仁和（今杭州）人。道光进士，官礼部主事。鸦片战争前，积极支持林则徐的禁烟斗争，提出应准备武装抵抗侵略。他的诗文揭露了当时封建社会的腐朽，主张改革弊政，提倡经世致用。文章奥博纵横，自成一家，诗词瑰丽奇肆，有"龚派"之称，有《龚自珍全集》。

【注释】

① 己亥：这是指道光十九年（1839），这一年，龚自珍辞官南归，其间共写了绝句三百一十五首，这里选的是第五首。

② 浩荡离愁：浩大无边的离愁别绪。

③ 吟鞭：诗人所持的马鞭。

④ 落红：即落花。

【点评】

龚自珍是清代著名的思想家、文学家,他身处封建社会的末世,能够大胆地揭露和抨击社会的腐朽现象,强烈呼吁改革,讴歌民主精神,是开启一代新风的重要人物。他的诗词创作,尤其是晚期诗作,是同时代诗人难以企及的艺术高峰。

此诗是作者《己亥杂诗》(共三百一十五首)的第五首,己亥指道光十九年,即 1839 年,是鸦片战争爆发前一年。就在这一年,作者辞官南归,在即将离别京城之际,作者不禁浮想连翩,感慨万千。首句体现出作者的这种离愁别绪,用"浩荡"来形容离愁的浩大无边,用夕阳西下的晚景进一步衬托作者的心情。那么,作者为什么有如此愁绪呢?愁些什么呢?在此暂且不作点评。次句是作者自谓,诗人挥动着马鞭指向归程的东方,路途遥远,如同天涯。前二句将作者的处境和心境渲染得十分苍凉悲壮,起到了烘云托月的艺术效果,使此诗的后两句更为激越动人,"落红不是无情物,化用春泥更护花",落红即落花,是作者自比,意指落花是有情的,它化作春泥更能培育和呵护新花。作者由此表明,自己虽然不再做官了,但忠贞报国之心始终不变。联系到首句,作者显然是为国家前途忧愁,在国势日衰、国运日塞之际,作者的爱国之心、报国之志更加迫切、更加强烈。

南宋陆游在《咏梅》词中道出"零落成泥碾作尘,只有香如故"之句,可与龚诗参看。龚自珍在辞官的特定背景下,没有消极气馁,没有自怨自艾,而是践行牺牲小我、成全大我的志向,着力培育新生力量,体现新的生命价值,促使新风气的形成,这是何等不凡的情操精神!这无论是在当时还是在当今,都属于进步的思想意识。龚自珍在《己亥杂诗》(第一百二十五首)云:"我劝天公重抖擞,不拘一格降人材。"可见,他对爱护人材、培养人材的见解是多么深刻!在深化改革的今天,有其深远的借鉴和启迪意义。

书　事

清·陶　蔚

封疆连帅任^①,众目岂能欺。
一物归私橐^②,千秋生大疑。
狮糖难饰说^③,薏米亦支词^④。
谁似杨夫子^⑤,中宵凛四知^⑥。

【作者简介】

陶蔚,生卒年不详,清宝应(今江苏宝应)人,曾任鄠(hù)县(今陕西户县)知县。

【注释】

① 封疆:即封疆大吏。清代总督、巡抚总揽一省或数省的军政大权,把他们与古代分封疆土的诸侯相比拟,故称。

② 私橐(tuó):指私囊。

③ 狮糖:用糖做的狮子。唐代张子路诬陷李泌受贿金狮子百枚,德宗认为是糖狮,经检验果然,遂杀张子路。

④ 薏米:即薏仁米、薏苡米,营养价值很高。据《后汉书·马援传》载,东汉大将军马援,当初在交趾,常食薏仁米,用能轻身省欲,以胜瘴气。马援班师回朝时,带了一车薏仁米。后马去世,被人诬陷成车之所载,皆明珠文犀。

⑤ 杨夫子:东汉太守,官至太尉,历史上著名清官杨震。

⑥ 四知：指《后汉书·杨震传》所记载的故事。

【点评】

陶蔚在鄂县县令任上时，有某位封疆大吏向其索贿未成，仅任职十个月便将其革职。他满怀愤怒之情，写下了这首五律诗。诗题"书事"，即抒写某件事的遭遇。

首联锋芒直指封疆大吏，认为其身居高官要职，镇抚一方，总揽军政大权，在众目睽睽之下，岂能做欺骗世人的勾当。这里含有两层意思，一是封疆大吏理应为属下做好表率；二是封疆大吏位高权重，做了坏事影响则更坏。颔联递进一步，"一物归私橐，千秋生大疑"，意指如果将财物中饱私囊，无论过了多少时间，总会留下不可饶恕的污点，被人深深地怀疑。换言之，会牢牢地钉在历史的耻辱柱上。此联让人警醒，令人产生戒惧之感。颈联化用了历史上两个故事，深刻地证明，只要有贪污贿赂的行为，那么，即使是历史上引为美谈的事例亦难以掩饰和搪塞，因为，贪污受贿行为败坏了纲纪，污染了风气，为历朝历代所不容。尾联"谁似杨夫子，中宵凛四知"，反映了作者的强烈期盼和呼唤。杨夫子指东汉官至太尉的杨震，其一生清廉无比。"四知"指杨震暮夜拒金的故事。作者举此例表明，多么希望为官者（尤其是封疆大吏）均能如杨震一样公正廉洁，将正气凛然于天地人之间。

此诗无情地鞭笞了官场贿赂风行的现象，用笔极富气势，既有责问，又有告诫；既有讽喻，又有呼唤；用典而不留痕迹，书事而直抒胸臆，可谓愤怒出诗人。试想，贪官污吏们读之，能不胆战心惊么？

寄子诗

清·徐　氏

家内平安报尔知^①，
田园岁入有余资^②。
丝毫不用南中物^③，
好作清官答圣时^④。

【作者简介】

　　徐氏，生卒年不详，清新城（今属山东桓台）人，其夫耿鸣世曾任侍御，其子耿庭柏曾任浙江都御史。

【注释】

　　① 尔：你。

　　② 岁入：一年的收入。

　　③ 南中：泛指南部地区，在此指其子任官的浙江地区。

　　④ 圣时：圣明的时代。

【点评】

　　这是一位母亲写给当官的儿子的诗。从诗的内容看，这位母亲深明大义，她将深厚的母爱，化作了深切的嘱咐。

　　首句"家内平安报尔知"，意指报个平安让你知晓，家中无事请放心。娓娓道来，如话家常。儿子在外做官，自然希望家里平安无事,母子连心,母亲完全了解儿子的心情。次句"田园岁入有余资",家庭每年的收入绰绰有余,衣食无忧。耿家在当地是大户人家,生活富裕。母亲向儿子告知家中的基本情况后,话锋一转,向儿子提出做人做事做官的要求,其言恳切坚决,其情善良深切,"丝毫不用南中物",即一丝一毫都不能占用公共财物,因儿子在南部地区即浙江任官,故称"南中物"。"好作清官答圣时",即好好做一个清官报答圣明的时代。母亲心明如镜,儿子南方做官,在富庶地区有职有权,稍有不慎,很容易犯有贪污或侵占的错误,从而毁坏自己的前程。因此,母亲要求儿子做一个秋毫无犯的清官。这首寄子诗实际上就是一封家信,短短二十八字,却包含着母亲对儿子的深深期盼。此诗自然亲切又颇具章法,起承转合条理分明,篇末点明主旨,说明该母亲文化素养不低。当儿子收到此诗后,想到白发慈母的嘱托,能无动于衷么?一封家信,一段佳话,徐氏的《寄子诗》意义非浅。

《寄子诗》涉及到做人做事做官,三者中,做人是最主要的,也是最基本的。只有先做好人,才能做好事和做好官,因为,做人是做官与做事的基础,也是做官与做事的保证。

此诗给我们留下深刻的启示,即各级领导干部的家属能否借鉴本诗作者徐氏的做法,以亲情助廉,守好"后院",经常监督和提醒领导干部,不该吃的不能吃,不该拿的不能拿,不该去的不能去,不该做的不能做,坚决将不正之风、腐败现象拒之于家庭大门外,从而营造廉洁的家风和门风。

笑舒双手去朝天

清·顾　澜

笑舒双手去朝天①，
荣辱升沉听自然②。
珍重淄人莫相赠③，
近来刘宠不收钱④。

【作者简介】

顾澜，生卒年不详，清江苏吴县人，曾任淄川县（今属山东淄博）知县。

【注释】

① 朝天：朝见皇帝。

② 自然：自由发展，不经人力干预。

③ 淄人：淄川县的父老乡亲。

④ 刘宠：东汉会稽（今浙江绍兴）太守，是历史上有名的清官。

【点评】

顾澜在淄川任知县，受诏命进京。淄川县的父老乡亲夹道相送，并筹集了许多钱赠送给他，顾澜婉言谢绝，并赋诗表明态度。

首句"笑舒双手去朝天"与明代于谦的"清风两袖朝天去"如出一辙,都是不带任何东西去朝见皇帝。顾诗以"笑"领起,显得更为轻松坦然,听来也十分亲切且真实感人。次句"荣辱升沉听自然",表明此次奉诏朝见,对于个人的仕途升降毫不在意,而是顺其自然,根本不想通过任何旁门左道去干预。一、二句是针对自己进京所持的态度。三句是劝说淄川的父老乡亲们,请你们自己多保重,不要送钱给我了。"珍重淄人"即淄人珍重,属于语法上的倒置,是为了符合绝句格律上的要求。末句"近来刘宠不收钱",在此作者自比廉吏刘宠,表明自己不会收取百姓的钱财。东汉时,刘宠在会稽(今浙江绍兴)任太守,他清正廉洁,为百姓做了不少好事实事。离任时,会稽的百姓为他送行,并凑了一百钱相赠。刘宠认为,纳之不可,却之不恭,便取了一枚钱作为纪念,留下了"一钱太守"的美名。作者以古贤为楷模,不贪沾,不苟取,用诙谐的口吻,表明了自己的心志。

　　在现代仕途上,对于每个为官者同样面临着"荣辱升沉"的问题。现实中,跑官要官者有之,四处找靠山者有之,搞贿选者有之,甚至还有人搞买官卖官的肮脏勾当。对于吏治上的腐败现象,历来为人民群众所痛恨,更为有识之士所不齿。此诗作者用"听自然"的态度,交了一份可贵的答卷,我们的为官从政者,能否从中得到有益的启示和借鉴呢?

自　勉

清·郑履端

十载官箴懍素餐^①，
本来面目改偏难。
任他水尽山穷处，
牢抱冰心耐岁寒^②。

【作者简介】

郑履端，生卒年不详，号时斋，清云南太和人。同治进士，光绪年间曾任广东揭阳知县，主持电白政务，在位时政声卓著。

【注释】

① 官箴：对官吏的规劝告诫。懍（lǐn）：畏惧；害怕。素餐：尸位素餐成语的简写，指空占着职位，不做事而白吃饭。

② 冰心：冰清玉洁之心。岁寒：清寒艰苦的岁月。

【点评】

这是一首自励诗，也是作者对十余年为官生涯的一份总结。

此诗首句富有深意，"十载官箴懍素餐"，表明自己忠于职守，兢兢业业地为百姓做事。"懍"字，畏惧、害怕之意。作者最害怕什么呢？是空占着职位，尸位素餐。作者为官十余载，把为百姓做事视作官箴，可见作者非碌碌之辈，而是一名有所作为的官吏。次句"本来面目改偏难",表明自己为百姓做事的秉性不改,初衷不移。一个"难"字,既是自我策励,又带有些许自嘲。古时,一个县级官吏要真正为百姓做实事、做好事并不容易,有可能遇到来自不同方面的阻力,亦会受到上下左右的掣肘。三、四句雷霆万钧,"任他水尽山穷处,牢抱冰心耐岁寒",表明自己廉洁从政的坚强决心。任凭艰难困苦,无论岁月清寒,即使到了山穷水尽的地步,自己还是牢牢抱住清正廉洁的为官之道。一个"耐"字,极富咀嚼,既表明甘于清廉之意,又表明具有耐得住清寒之义,还透示出一股坚忍不拔的浩然之气,体现了一个正直的士大夫既兼济天下又独善其身的志向。

这首自励诗对于当今的为官从政者可以起到示范作用。尤其是鼓励我们要受得住清贫,耐得住寂寞,禁得起诱惑,抗得起侵蚀,努力做一名廉洁从政的践行者。

留别夔门士民（四首选其四）

清·曾福谦

一年容易届瓜期^①，京兆休存五日思^②。
哪有余闲亲翰墨^③，绝无分润染膏脂。
但求事事心如秤，敢说人人口尽碑。
莫道宦囊太羞涩，压装珠玉送行诗。

【作者简介】

曾福谦(1851～1922)，字伯厚，清福建侯官(今属福州)人。光绪进士，历任夔门、崇宁、仪陇知县，福建马尾船政提调，学堂监督等职。

【注释】

① 瓜期：原指戍守一年期满，后用以指官吏任期届满，等候交接的期间。

② 京兆：古时国都所在地。

③ 翰墨：笔和墨，借指文章书画等。

【点评】

作者曾福谦担任四川夔门知县数年，在位时勤政廉洁，颇有政绩，被当地百姓所拥戴。离任时，夔门士民都舍不得他走，还赋诗赞扬。临行前，作者写了七律组诗留别。此处选择其中的一首予以点评。

首联表示任期在不知不觉中届满,在即将去职时尤其不能敷衍马虎,还须忠于职守。"京兆五日"典出《汉书·张敞传》:京兆尹(国都所在地的行政长官)张敞因受杨恽案件牵连将受到朝廷处分,其属下的贼捕掾絮舜听说张敞行将罢免,便说张"今五日京兆耳,安能复案事?"拒绝执行公务,张敞在离任之前严惩了絮舜。颔联"哪有余闲亲翰墨,绝无分润染膏脂",表明自己在任上勤勉有加,不得闲暇;更没有侵占民脂民膏的行为。颈联"但求事事心如秤,敢说人人口尽碑",由于作者在任上勤政为民,廉洁奉公,回顾自己为官的经历,凡事分得清黑白,拿得准轻重,因此赢得了百姓的口碑。这不是作者的自夸或吹嘘,而是自我总结后的坦诚之辞。尾联表示自己甘于清贫,行程中压船的"珠玉"只有这组送行诗。宦囊羞涩从"阮囊羞涩"这一成语中脱化而来,意指自己归程的行囊十分简单,尽管为官多年,但身无长物,说出来有些难为情。此诗用典贴切,完全符合作者当时的身份和境况,表明了作者恪尽职守的高尚境界。作者出生在福建侯官(今福州)洪塘鄂里一个官宦人家,曾家四代七进士,十分难得,而作者清廉勤谨的品行也为家族增添了光彩。

此组诗中还有一些诗句亦十分感人,如"案无积赎心犹歉,狱少冤民念每矜";"门外峡江澄澈水,他年留证长官心";"闾阎疾苦要求通,端在开诚与布公"等等,很值得今天的领导者们思量再三。

戒贪铭

清·刘孟扬

财富人所羡,但须问来源。

来源果正当,虽多不为贪。

来源不正当,清夜当自惭。

人皆笑我痴,虽痴亦自适①。

不痴何所得,痴又何所失。

居官本为民,贪求非吾志。

钱多终非福,人格足矜持②。

富贵等浮云③,虚荣能几日。

人生数十年,所争在没世④。

【作者简介】

刘孟扬(1877～1943),字伯年,天津人,回族,清末秀才。曾被聘为天津《大公报》主笔,后从政,先后任直隶省(今河北省)磁县、永年、天津等县知事,任内两袖清风,颇有政声,书法亦佳。

【注释】

① 自适:自己感到很适合、恰当。

② 矜持:保持庄重严肃的态度。

③ 富贵等浮云:把富贵看得如同飘浮的云彩一样。表示对名利看得很淡薄,不为金钱、地位而动心。

④ 没世：指终身，一辈子。

【点评】

　　作者是回族名士，清末民初曾任天津《大公报》主笔，还创办过几家报纸。后从政，他居官为民，淡泊名利，把清廉作为一种生活理念和习惯。这首《戒贪铭》，作者长期置于案头，当成座右铭，并刊印送人以共勉。

　　此诗共十八句。前六句作者表明了自己的财富观，认为只要来源正当，"虽多不为贪"。因为，财富本身并无罪恶可言，通过自己的辛勤劳动，所创造的财富越多越好。在此，作者宣扬了"君子爱财，取之有道"的思想。这在当时是一种进步的思想，即使到了今天，也完全合理合法。"清夜当自惭"还表明作者具有可贵的自省意识。第七句至十二句，表现了作者坚持操守、不畏嘲讽的精神。别人的嘲笑，丝毫不能改变自己"不贪"的志向，他对过清廉的生活感到满足、感到"自适"，这已进入了一种崇高的境界。其中"居官本为民"是民本意识的闪光，值得当代官员继承。第十三句到十八句，表明了作者鄙视富贵荣华、保持终身清廉的态度。其中"富贵等浮云"语出《论语·述而》："不义而富且贵，于我如浮云"，言义重于利，这一思想历来受人们的推崇。

　　这首《戒贪铭》被作者奉为圭臬，起到了警戒功能，至少促使作者在任内赢得廉洁的政声。作者将深奥的人生哲理用浅显的语言尽情表达，既使自己时刻被激励，又易于被人们所接受。全诗宣扬的理念经百年却并没有过时，至今仍具有深刻的教化作用。作为仕途上的警句格言，完全恰如其分。

主要参考书目

1. 《唐诗》,启功审定、赵仁珪编注,天地出版社,1997 年 12 月第 1 版

2. 《宋诗》,周勋初审定、许结编,天地出版社,1997 年 12 月第 1 版

3. 《元明清诗》,钱仲联审定、朱则杰编注,天地出版社,1997 年 12 月第 1 版

4. 《砥廉诗鉴》,顾耀同编著,南京大学出版社,1993 年 2 月第 1 版